おりがみ

SPECIAL ILLUSTRATION | 森沢晴行 HARUYUKI MORISAWA

SPECIAL ILLUSTRATION | はいむらきよたか KIYOTAKA HAIMURA

デート・ア・ライブ
アナザールート

橘 公司　大森藤ノ　志瑞 祐
東出祐一郎　羊 太郎

ファンタジア文庫

3157

本文イラスト　つなこ

精霊
THE SPIRIT
隣界に存在する特殊災害指定生命体。発生原因、存在理由ともに不明。
こちらの世界に現れる際、空間震を発生させ、周囲に甚大な被害を及ぼす。
また、その戦闘能力は強大。
対処法1
WAYS OF COPING 1
武力を以てこれを殲滅する。
ただし前述の通り、非常に高い戦闘能力を持つため、達成は困難。
対処法2
WAYS OF COPING 2
――デートして、デレさせる。
デート・ア・ライブ
アナザールート
DATE A LIVE ANOTHER ROUTE
SpiritNo.10
AstralDress-PrincessType Weapon-ThroneType [Sandalphon]

DATE A LIVE

ANOTHER ROUTE

DATE A LIVE ANOTHER ROUTE

DietTOHKA

Author: Taro Hitsuji

十香ダイエット

羊太郎

「おお、美味《うま》いぞ！　シドー」

今日も五河《いつか》家のリビングに、十香《とおか》の歓喜の声が上がっていた。

時分は、夕食時。

テーブルの上に並ぶ、士道《しどう》特製のグラタンとローストチキンが、実に食欲をそそる香ばしい香りを放っていた。

「はふ！　熱！　でも、美味い！　この舌が蕩《とろ》けるような濃厚なホワイトソースがたまらないな！　チキンもスパイシーでなんかこう……美味い！」

「ははは、そうか。そりゃよかった」

料理へ嬉《うれ》しそうにがっつく十香の姿を見て、士道もやはり嬉《うれ》しそうに笑った。

「それだけ美味いと言って食べてくれれば、作ったこっちも作り甲斐《がい》があるよ。おかわりもたくさんあるから、遠慮はいらないぞ」

「おかわりだ！」

さっそく空のグラタン皿を突き出され、士道は苦笑いしながらそれを受け取って、台所へ向かう。

そんな士道の後ろ姿を流し見ていた琴里《ことり》が、同じくグラタンをスプーンで口に運ぶ合間に言った。

「それにしても士道。最近、どうしたの？」

「ん？」

「士道が元々料理上手なのは知ってたけど……最近、ますます腕が上がってない？」

「そう。士道の料理の腕前は、今や限りなく出店できるレベル――プロに近付いていると言っていい」

テーブルの隅に陣取る折紙《おりがみ》が、やはりグラタンを食しながら言った。

「明確に味が変化したのは、二十八日前の夕食で作ったレタス炒飯《チャーハン》から。以来、士道の作るあらゆる料理のステージがワンランク上がっている」

「ふうん？　あなたもわかるの？　折紙」

「夫の料理を妻がチェックするのは当然のこと。しかし、これは由々《ゆゆ》しき事態でもある。今は家事を夫婦で分担するのが当たり前の時代とはいえ、あまりに夫が料理できすぎるのも妻の立つ瀬がない」

「お、お前は一体、何を言ってるのだ!?」

がたん！　と立ち上がって、折紙に吠《ほ》えかかる十香。

そのまま、やんややんやと言い合いを始める二人を他所《よそ》に、琴里が話の続きを士道へ促す。

「……で？　実際、何があったの？」

「あー、実はな」

台所に立つ士道は、十香の皿に鍋からホワイトソースをよそい、チーズをかけてオーブンに入れた。

「最近、俺、『MyTube』の料理動画に嵌《はま》っててさ。安く美味《おい》しく作るテクをたくさん覚えてね」

「なるほど、主夫の鑑《かがみ》ね」

「それに、十香が凄《すご》く喜んでくれるから、つい気合い入ってさ……」

ちらりと士道と琴里が見やれば、十香と折紙が激しくチキンを奪い合っている姿があった。

「ところで琴里。お前もおかわりどうだ？　まだたくさんあるぞ？」

「うーん……私はもういいわ。正直、美味しすぎて食べ過ぎちゃうし」

「そっか。となると、さすがにちょっと作りすぎたかな？　今日は」

鍋の中身を見ながら、士道が苦笑いする。

「安心なさい。最近の様子から察するに、十香が全部食べてくれるでしょ」

「それもそうか」

そうこうしているうちに。

やがて、オーブンのグラタンが香ばしく焼き上がる。

士道は手にホットミトンを嵌《は》めて、グツグツ煮立つグラタン皿を十香の前へと運んでいく。

「できたぞ」

「おぉ……っ！」

たちまち十香の興味は折紙からグラタンへと移った。

そして、はふはふ言いながら、やっぱり美味しそうにグラタンを食べ始めるのであった。

そして、それをあっという間に平らげて……

「おかわりだ！」

「はいはい」

十香が嬉しそうに差し出すグラタン皿を受け取り、士道は苦笑いで再び台所へ向かう。

「くっ……いくら愛する夫の料理とはいえ、さすがについていけない……」

悔しげな折紙。

「だからって、チキンをこっそりタッパーに詰めるのやめて。しかもそれ士道の食べかけでしょう？」

そんな折紙の腕を摑《つか》む琴里。

やがて、再び台所のオーブンから、チーズの焦げる香ばしい香りが漂ってきて……

「できたぞ」

「おぉ……っ！」

目の前に出された熱々のグラタンに目を輝かせる十香。

そんな風に、とある日の五河家の夕食の一時は、ゆっくりと流れて行くのであった――

毎日毎日、士道が作ってくれる美味しいご飯が、たくさん食べられる……そんな幸せ絶頂の十香。

だが後日、そんな十香は、あまりにも唐突に地獄のどん底へと叩《たた》き落とされるのであった。

――。

本日は、都立来禅《らいぜん》高校の身体測定の日。

「ぎゃーっ！　また太ったぁ！　彼氏に嫌われるぅ！」

「さすがに[redacted]キロはヤバいっしょ、ミカ……」

「うぅ……ダイエットしなきゃ……」

そんな風に女子達がわいわいと騒ぐ最中——

ぴー。

無機質で非情な電子音が響く。

「……[redacted]キロ。はい、次」

まるで閻魔《えんま》裁判の判決のように冷酷に告げられる数字。

「ぬ？」

意味がわからず、呆《ほう》ける十香。

体操着姿の十香が、体重計の上で呆然《ぼうぜん》と立ち尽くしていた。

「ちょ、ちょっと待ってくれ……言っている意味がわからない」

「[redacted]キロ。まんまです。次」

測定医の中年女性が眼鏡クイしながら、淡々と告げる。

「そ、それはまさか……私の体重なのか？　身長とか胸囲ではなく？」

「それはそれで問題でしょう。次」

測定医は次の人の測定に移ろうと促すが、十香が慌てて食い下がる。

「ま、待ってくれ！　それは何かの間違いだ！　私の体重が[redacted]キロだなんて……ッ！」

「間違ってません。次」

「こ、壊れているのではないのか？　その機械」

「壊れてません。今朝、調整確認済みです。次」

「き、きっと、この体操服が重いから……ッ！　ぜ、全部脱げば……ッ！」

ばっ！　ばっ！　ばっ！

「本当に脱がないでください。元々、さっ引いてありますし、そもそも何キロも変わりません。次」

「違う！　さっきのは油断していたからだ！　ちゃんと気合いを入れて、真面目《まじめ》に量れば――」

「片足で乗っても無駄です。次」

だが、下着姿になった十香は食い下がり、体重計にそっと乗ったり、隅に乗ったり、つま先立ちしたり、色々と足掻《あが》き続ける。

だが――

ぴー。

「[redacted]キロ。はい、次」

十香に突きつけられたのは、あまりにも無慈悲な現実であった。

「そ、そんな……なぜこんなことに……ッ!?」

診断結果表に燦然《さんぜん》と刻まれた『[redacted]キロ』を凝視しながら、十香がぶるぶる震えていると。

「……ふっ」

いつの間にか、それを後ろから覗《のぞ》き込んでいた折紙が、蔑むように微笑していた。

「お、折紙!?　み、見たのか!?」

「見た。酷《ひど》い数字」

普段は人形のように感情の起伏が感じられない折紙だが、今はどこか勝ち誇ったような雰囲気がある。

「その体重増加ペースは最早《もはや》、女の子とは言えない。最早、豚」

「それは言い過ぎだろう!?」

「前回の測定から比較して＋5キロ。なら、次回は＋10キロ、次々回は＋15キロになる計算」

「その単純計算はなんだ⁉」

十香が、うがーっ！　と折紙の体操服の胸ぐらを掴み上げる。

「そ、そういうお前はどうなのだ、折紙！」

「私？」

すると、折紙が淡々と自分の診断結果表を開いてみせる。

「うっ……▲▲キロ……だと……⁉」

「理想のモデル体重。常に夫に身体《からだ》を求めてもらえるよう、自身の体型をちゃんと保つのも妻の務め」

言っている意味がよくわからないが、なんだかとても負けたような気分になってくる十香である。

「あなた、最近、士道が作る大量の料理を、何の考えもなしに際限なくバクバク食べまくるから」

「う、ぐ……」

「士道もそんな肥え太ったあなたに、きっと幻滅すること間違いなし」

「なっ⁉　嘘《うそ》だ！　シドーがそんなことを思うわけ——」

「敵に塩を送るつもりはまったくないけれど……いいの？」

「な、何が……？」

「男女の愛は、互いに保つ努力をするのが長続きの秘訣《ひけつ》。

たとえば両思いで結婚した夫婦。新婚当初は熱々だった二人も、続く結婚生活の中で、次第に醜く肥え太っていく妻の姿に、夫の愛情は蝋燭《ろうそく》が燃え尽きるように冷めていき……やがて、妻への性的興味を失った夫は、若く美しい女と浮気《うわき》を繰り返し、ついに破局する結婚生活、そして離婚からの孤独死コンボ……わかる？　それがあなたの運命」

「お前が、何かとてつもなく失礼なことを言っているのはわかるぞ！」

　折紙の意味不明の言葉はさておき。

「と、とにかく……このままだと、私はシドーに嫌われてしまう……かもしれないということか……？」

「そう。なにせこのままだと、あなたは次々々回の測定で＋20キロ……私なら自殺もの」

「だから、その単純計算をやめろ！」

　とはいえ。

　今の十香が結構、無視できない体重増加をしてしまっていることは、認めざるを得ない事実である。

（[redacted]キロ……）

診断表と睨《にら》めっこする十香。

確かに……この増え方は拙《まず》い。

決して、折紙の単純計算を肯定するわけではないが……このままだと一気に取り返しのつかないところまで増えていきそうな気がした。

あの優しい士道が、多少体重が増えたくらいでいきなり自分を嫌ったりするはずはないと思うが。

先ほどの折紙の言葉に、十香の中でじわじわと不安が育っていく。

つい変な想像をしてしまう――

『俺、ぽっちゃり体型には興味ないんだよねー？　あんなの妥協っていうかさぁ？　やっぱ折紙みたいに綺麗《きれい》なモデル体型が至高だよなー？　十香はもう女としてオワコンだよなー』

（だ、ダメだダメだ、そんなの！　シドーに嫌われるなんて、そんなの絶対に嫌だぞ！）

ぶんぶんっと頭《かぶり》を振り、十香は決意するのであった。

（痩せる！　絶対に体重を元に戻すのだ……ッ！　シドーに嫌われないために！）

こうして。

一度何かを間違えれば、都市一つ滅ぼしかねないほどの力を持つ至高存在——精霊の、前代未聞《ぜんだいみもん》のダイエット生活が密《ひそ》かに幕を上げるのであった——


——。


放課後。

「確かに、言われてみれば、最近の私は色々食べ過ぎていた気がする」

十香は五河家への帰路につきながら、これからのダイエット計画を練っていた。

「仕方ないと言えば、仕方ない。最近のシドーの作ってくれたご飯は、とても美味《おい》しかったからな。自分でも気付かないうちに食べ過ぎていた」

十香が図書室で借りた、ダイエットに関する本をパラパラ斜め読みする。

「うーむ、よくわからないが、やはり基礎代謝の向上と、消費熱量と摂取熱量の調整……要するに食事を減らして運動するのが一番のようだな」

あの士道の美味しい料理を食べる量を減らすのはとても哀《かな》しいが……全ては痩せるためだ。

そして、何より士道に嫌われないためだ。

仕方がない。

覚悟を決めるしかない。

「よし！　頑張るぞ！　心を鬼にして痩せるのだ！」

そう息巻いて。

十香が五河家へと辿《たど》り着き、玄関の扉を開く。

がちゃ。

すると、途端、心の中の鬼がたちまち退散しそうな甘く香ばしい香りが、家の中から漂ってきた。

「……うっ⁉」

〝危険だ〞

〝この先に進んではいけない〞

心の中の鬼が瀕死《ひんし》の声で警告するが、まるでセイレーンの歌声に惹《ひ》き寄せられるように、十香の足はふらふらとリビングへ向かう……

「おお、おかえり、十香」

リビングに入るや否《いな》や、台所に立つ士道が、やや弾んだ声で十香を出迎えていた。

「し、シドー……お前は一体、何を作っているのだ？」

「ん？　ドーナツだぞ？」

じゅーじゅーと音を立てる油鍋から、士道は揚げたてのドーナツを引き上げ、油切りの上に並べていく。

誘惑の甘い匂いの正体は、最早、言うまでもなくコレだ。

「んなぁ――ッ!?　ど、ドーナツだと!?」

「ああ。俺が良く見ている『MyTube』チャンネルで、家でも簡単に作れる本格ドーナツの作り方がアップされててさ。早速、作ってみたんだ」

テーブル上の大皿には、揚げたての美味しそうなドーナツが山のように積まれており、四糸乃《よしの》と七罪《なつみ》が大喜びでドーナツを頬張っていた。

「お、美味しい……です……すごく」

「すご！　コレ、店で売っているやつと互角じゃん？　ううん、揚げたてな分、売っているものより勝ってるかも……」

『士道くん、本当すごーい！　士道くんのお嫁さんになる人は、本当に幸せものだなぁー？』

「ははは、そう言ってくれると、俺も作った甲斐《かい》があるよ」

四糸乃（&よしのん）と七罪の様子に、士道はとても嬉《うれ》しそうだ。

「というわけで、十香。ほら、お前もそこに突っ立ってないで、早く鞄《かばん》を置いて手を洗って来いよ。今、お前の分のお茶を淹《い》れてやるからさ」

「……え？」

さも当然とばかりにそう言ってくる士道へ、十香が呆《ほう》ける。

「ん？　お前も食べるだろ？　ドーナツ」

「――うっ⁉」

思わず言葉に詰まって硬直してしまう十香。

士道は、いつものように穏やかに笑っているだけだが……今の十香には、それは人を誘惑し堕落させる悪魔の妖《あや》しい笑みにしか見えなかった。

「い、いや、シドー……そのことなんだが……実は私、そんなにお腹《なか》が空いてなくて……」

ぐきゅるるる～

甘く香ばしい匂いに刺激されて、十香のお腹が鳴った。身体は実に正直であった。

「う、ううううううう」

「ははは、遠慮するなって。ほら……結構上手《うま》くできたんだ」

誘惑の果実《ドーナツ》を、十香の鼻先に近付けてくる士道。

美味しい美味しいと連呼しながらドーナツを食べている四糸乃達。

人が持つ原初の本能に従って、十香の喉《のど》が自然とごくりと鳴る……

「くっ⁉」

一縷《いちる》の望みを託して、十香は小脇に抱えていたダイエット本を開く。

（確か……ダイエット中に食べてよい低カロリーなものと、食べては駄目な高カロリーなものがあったはず……ど、ドーナツは……ッ⁉）

十香の望み虚《むな》しく、ご丁寧に赤字の×付きでブラックリストに記載されていた。見間違える余地もないほど、食べたらダメな大筆頭である。

それも当然。ドーナツは牛乳、バター、小麦粉、砂糖、卵、トドメの揚げ物……高カロリーの魔王だ。

「ん？　どうした？　十香。食べないのか？　結構、美味しいぞ？」

士道もひょいっと揚げたてのドーナツを摘《つ》まんで食べる。

不意に、猛烈な食欲と飢餓感が十香を襲った。飢えた吸血鬼の吸血衝動とはこんな感覚だろうか？

（ダメだ、十香！　しっかりしろ！）

その時、十香の心の中の鬼（瀕死）が悲痛な叫びを上げた。

（お前は、シドーに嫌われないためにも痩せると誓っただろう？　その誓いをもう破るのか⁉）

絶望的な戦場でボロボロに傷ついた兵士のような心境で、十香が顔を上げ……そして言った。

「す、すまない、シドーッ！　実は、私、ドーナツが嫌いなんだっ！　だから──」

その瞬間。

十香は──見てしまった。

士道は、決して穏やかな笑顔を崩さなかったが……その一瞬、ほんの少しだけ、寂しさと切なさが差していたことに。

「そ、そうか……それなら仕方ないな……すまなかった、知らずにお前の苦手なものを勝手に作って……」

「え⁉　い、いや……その……あの……シドー、私は……ッ！」

それなりに士道と過ごした時間の長い十香には容易に想像できた。

料理動画を見た士道が、これならいけると意を決し、買い物に行ってせっせと材料を集め、『皆、喜んでくれるかな……？』とウキウキしながら、せっせとドーナツを作りながら、健気《けなげ》に十香の帰りを待っていた、その姿と背中が――

痛い。心が痛い。

今、自分は取り返しのつかない過《あやま》ちを犯してしまったのではないだろうか……そんな自責の念に、十香が駆られていると。

「ん？　十香、ドーナツ苦手だったっけ？　まぁ別にいいけど、一個くらい食べてみたら？　本当に世辞抜きで美味しいわよ、コレ」

「そ、そうです……食わず嫌いは……その、もったいないです……」

七罪と四糸乃が思わぬ助け船を出してくれた。

今の十香の目には、二人が神々《こうごう》しい大天使の姿に見えた。

「お、おお⁉　そ、そうだな！　確かに食わず嫌いはよくないな！　じゃあ、一ついただくぞ、シドー」

十香がドーナツを受け取り、ぱくりとかじりつく。

まぁ、わかっていたが。

当然、士道特製ドーナツは、もの凄《すご》く美味しかった。

「シドー、美味しい……美味しいぞ……私、なんだか涙が止まらない」

「お、おおお、そんなに喜んでくれるなんて！　作ってよかったよ！　もう一ついるか⁉」

「いただきます」

十香の心の中の鬼は――すでに真っ白になって死んでいた。

そして、あれだけたくさんあったドーナツは、結局一つ残らず綺麗《きれい》になくなるのであった。

――数日後。

「うううううう……拙い……」

夕食後の風呂《ふろ》上がり。

脱衣所の体重計の上で、十香が真っ青になりながら震えていた。

「ま、また、体重が少し増えている」

あの健康診断の日以来、十香は十香なりに、一生懸命ダイエットを頑張ったはずであった。

色々と本で調べた結果、基礎代謝量と消費熱量を増やす……つまり、筋肉を増やして、運動すれば痩せるらしいことはわかった。

ダイエッ十

だから人目を忍んでこっそり筋トレをしたり、夜、ジョギングに行ったりしていた。

しかし、一向にその効果が出る気配はない。

なぜなら――

「シドーの作るご飯が美味《おい》しすぎるからだ！　アレはもう犯罪的だぞ！」

十香は頭を抱えて、天井に吠《ほ》えるのであった。

そう、最近ますます士道の作るご飯が美味しい。どんどん本格的になっていく。

今日こそ食べる量を減らそう。今回こそ腹八分目に抑えよう――そんな十香の決意を嘲《あざ》笑《わら》うかのように、次々と出てくる士道の美味しい新作料理達。

十香の心の中の鬼はもう、復活の都度に瞬殺され、今や最早《もはや》、食欲のままにフラフラ彷徨《さまよ》うゾンビである。

「さっきの夕ご飯も揚げたてサクサクのエビフライだなどと……揚げたてはズルいだろう、揚げたては！　シドーは私を肥え太らせ殺す気なのか？」

もちろん、ガッツリおかわりしてしまった十香であった。

「はぁ～、いかん。このままでは、あの折紙が言ったことが、現実になってしまうぞ……」

ぷにぷに。触ってみれば、お腹のまわりや二の腕まわりに、心なしか少し肉がついた……気がする。拙《まず》い。

何か良い方法はないのものか。

ため息を吐《つ》きながら寝間着に着替えた十香は、自室に戻るとベッドにボフンと身を放り投げた。

「そういえば……シドーは『MyTube』とかいう動画サイトから、料理の作り方を教えてもらった……とか言ってたな……」

むくりと十香が起き上がる。

「私にはよくわからないが、どうも色々と教えてくれるものらしいな。だったら、うまく痩せる方法も教えてはくれないだろうか……？」

十香が自分の机につく。

そこには〈ラタトスク〉から支給されているノートPCが置いてあった。

使い方がよくわからないので、ほとんど触ってないが、今の十香は藁《わら》にも縋《すが》るような気持ちで、そのノートPCを開き、電源を入れる。

「……ぬ？　こうか？　んん？」

そして、慣れないPC操作に四苦八苦しながら、インターネットを立ち上げ、ようやく『MyTube』へと辿《たど》り着くのであった。

「これが噂《うわさ》の『MyTube』か……何か良い情報があれば良いのだが」

しかし、『MyTube』初心者の十香には、どこからどう調べたらいいものやらサッパリわからない。

「むぅ……これは難しいぞ。とりあえず適当に……」

十香は、サイトのトップに載っている、目についた動画サムネをとりあえずクリックしてみる。

すると――

「む？　なんだこれは？」

十香の前で、動画の本再生前に強制的に流れる広告宣伝動画が始まった。

目を丸くしている十香の前で、変なアニメ寸劇が始まる。

『デブで非モテな女の子だった私が、幼なじみのイケメン男子に告白され、今やラブラブの幸せ絶頂状態に⁉』

『私、アケミ。幼なじみのヒロ君と一緒に、それなりに楽しく毎日を過ごすＪＫ！

昔から太ってて陰キャでモテない私と違って、ヒロ君は凄く格好良くて、いっつもモテモテ！

そして、ヒロ君はこんな私にも優しくて、人からバカにされる私を、いつも守ってくれて……私はそんな優しいヒロ君が大好きだったの！

でも、私、高望みしない……ヒロ君と一緒にいられるだけで満足……ずっと、そう思ってた』

「あ、アケミ……ッ！　うぅ……な、なんて健気な子なのだ……ッ！」

食い入るように見ている十香。

『でもある日、ヒロ君が、私の知らない可愛《かわい》い女の子と一緒に帰っているのを見てしまって……私、やっぱりヒロ君を諦めたくない！

だから、私、ヒロ君に振り向いてもらえるように痩せる決意をしたの！

でも、いくら頑張っても、一向に痩せなくて……ッ！』

「わかる！　わかるぞ、アケミ！　お前も苦労しているのだな⁉」

食い入るように見ている十香。

『そんな風に、私が絶望している時、私はこのサプリと出会ったの！　その時の私は思わなかった……このサプリのお陰で、私の人生がガラリと変わることになるなんて！』

「む？　さぷり？　なんだそれは？」

食い入るように見ている十香。

すると。

「ん？　え？　なぁ――ッ⁉」

十香の見ている前で、動画の中の太って丸顔だった女の子が、みるみるうちに痩せていって、滅茶苦茶《めちゃくちゃ》カワイイ美少女へと変貌していく――

『こ、これが本当の私……？　食事量はまったく変えてないのに、このサプリを飲むだけで、こんなに痩せるなんて……ッ⁉　凄《すご》い！』

「うむ！　凄い！」

動画の中の女の子の驚きと、十香の驚きが見事にシンクロする。

その後の展開は、とんとん拍子だった。

美しく生まれ変わったアケミ。

そのお陰で自信もついたのか、陰キャを卒業してスクールカースト上位に君臨し、たちまちクラスの人気者に。

美しいアケミに惹《ひ》かれて告白してくる男は後を絶たず、そして――

『アケミ……実は俺、ずっとお前のことが……俺なんか、お前には相応《ふさわ》しくないと思うけど……』

『そんなことないよ、ヒロ君！　私もずっとヒロ君のことが……ッ！』

ついに念願の幼なじみのイケメン男子ヒロ君とゴールイン。

毎日が幸せラブラブな後日談が語られるのであった……

「うぅ……良かった！　良かったな、アケミ！　本当に良かった！」

目を潤ませて二人の新たな門出を祝福する十香であった。

「し、しかし、凄いな、アケミが使ったそのサプリは！　そんなに簡単に痩せることができるのか⁉」

十香は食い入るように、その広告動画で紹介されているサプリを見つめている。

一日三回、食後に三粒飲むだけで効果覿面《こうかてきめん》らしい。

なんだかよくわからないが、どこかの凄い研究所で開発されたサプリであり、どこかの偉い大学教授もその効果を科学的に実証している。

おまけに、どこかの有名な芸能人やアスリートも、これを愛用しているらしい。

「こ……これは本物だ！」

〝効果には個人差がある〟らしいが、そんなもの些末《さまつ》な問題だろう。

これさえあれば、痩せられる。

太って、士道に嫌われずに済む。

「しかし……これだけの凄い効果のある薬だ……きっともの凄く高いのだろうな……」

十香がそう思っていた……その時だった。

「な、なんだと⁉　普通に買ったら二万円もするのだが、この動画のリンク先から注文したら、今だけ五百円で済むのか⁉　そして、こんなチャンスはもう二度とないのか⁉　こうしてはいられない……ッ！」

――広告動画から流れてきた最後の情報に、十香は慌ててマウスを操作し始めるのであった

――――。


「シドー！　おかわりだ！」

「はいはい」

五河家の食卓にて。

今日も今日とて、おかわりを要求する十香の元気な声と、どこか嬉《うれ》しそうに対応する士道の姿があった。

今夜のメニューは、チーズ入りハンバーグ。

最近、ますます腕を上げた士道が、動画で研究して作り上げた、まさに舌が蕩《とろ》けるような一品だった。

「美味《うま》い！　美味いぞ、シドー！」

「そ、そうか！　よかった！　いやぁ実は今日のは自信あったんだ」

喜んでハンバーグにぱくつく十香の姿に、シドーの表情も綻ぶ。

「確かに、これはぐうの音も出ないほど美味しいけど……本当に、最近の十香はよく食べるわね」

琴里も少々呆《あき》れ気味だった。

「うむ！　美味《おい》しいからな！　いくらでも食べられるぞ！」

嬉々《きき》としてハンバーグを口に運ぶ十香のフォークが止まる気配はない。

そんな十香の姿に、やはり今日も今日とて、いつの間にか五河家の食卓に参陣していた折紙が、十香へそっと耳打ちする。

「……そんなに食べて大丈夫？　あなた、体重が……」

「む？　なんだ、折紙。心配してくれているのか？」

「別に、そういうわけじゃない」

特に感情の揺らぎを見せることなく、折紙がそっぽを向く。

「ふっ、私なら大丈夫だ。なにせ、私は素晴らしいダイエット法を発見してしまったからな！」

「……？」

「ふふっ、食後にアレを三粒飲みさえすれば、いくら食べてもまったく問題ないのだ！」

「よくわからないけど。あなたがいいなら別にいい」

自信満々の十香に、何か納得したのか、あるいは興味を失ったのか。

折紙は、黙々と作業を再開する。

「だから。ウチの食卓に並ぶ料理をタッパーに詰めるのやめなさい。しかもそのハンバーグ、士道の食べかけでしょう？　いい加減、警察呼ぶわよ」

そんな折紙の腕を摑《つか》む琴里。

何を言ってるんだ、コイツ……みたいな顔を、琴里へ向ける折紙。

と、そこへ。

「実は、今日はデザートにアップルパイも焼いてみたんだ！」

士道が大皿にとても美味しそうなアップルパイを載せてやって来る。

「お、おおぉぉ……ッ！　食べる！　もちろん食べるぞ！」

「あはは、いやぁ、ホント、十香がいてくれると作り甲斐《がい》あるなぁ」

十香はもちろん、皆が笑顔で食事しているところを見ていると、士道の顔も自然と綻んでくる。

「……なんかこういうのいいな。皆でこうやって食卓を囲んで、一緒に食事してさ」

「何？　士道、どうしたの？　熱でも出た？」

「いや。こんな平和な時間がずっと続けばいいなぁーってな」

「……まぁ、そうね」

皮肉屋の琴里も、それに関して特に異論はないらしい。

そんなこんなで、穏やかな夕食の一時が、流れて行く——

——。

——数日後。

その緊急事態は、あまりにも唐突に起こった。

突然舞い込んで来たとある報告に、〈ラタトスク〉の空中艦〈フラクシナス〉内に激震が走っていた。

「これは一体、どういうこと⁉」

艦橋に、けたたましいサイレンの音と琴里の怒声がアンサンブルする。

「どうして、こんなになるまで気付かなかったの⁉ 監視班は一体、何をしていたの⁉」

そんな琴里の周囲では、〈フラクシナス〉の乗組員《クルー》達がせわしなく行き交い、各種計器を弄《いじ》り倒し、蜂の巣をつついたような大騒ぎをしている。

「令音《れいね》！ 令音！」

「……ああ、ここにいる」

常に気怠《けだる》げで、血圧低そうな〈フラクシナス〉の解析官・令音ですら、その表情に微《かす》かな緊張が見て取れた。

「……事態はあまりにも急激だった。時分は本日十九時三十三分……世間的には、夕餉《ゆうげ》を終えてそろそろ風呂《ふろ》に入ろうか……という時間帯だね。件《くだん》の監視対象の精神状態は、あまりにも唐突に激変した」

「な、何よコレ……ッ⁉」

モニタに転送されてきたデータを見て、琴里が目を剝《む》く。

「各種精神状態レベルが、今まで見たことないほど最悪だわ！　士道が封印していた精霊の力が、完全に逆流してるじゃない⁉」

「……それだけではない。今の彼女は精神的に極度に不安定になるあまり、〈反転体〉に限りなく近い状態だ。このまま暴走を許せば、天宮《てんぐう》市にどれほどの被害が出るか予測もできない」

反転体──それは、精霊の精神が深い絶望に塗り潰された際、その身体《からだ》に宿る霊結晶《セフィラ》が反転することで変質した姿だ。こうなると、精霊は全てを滅ぼす無慈悲な破壊神と化す──

「くっ！　一体、彼女に何があったというの……ッ⁉　とにかく、周辺市民のシェルターへの緊急避難誘導を急いで！」

「……君はどうする？」

「当然――私も出るわ」

――。


「十香ぁあああああ――ッ！」

空に向かって士道が叫んでいた。

上空には、霊装で完全武装した十香の姿があった。

全身にこの世全てを圧する凄《すさ》まじい霊力を漲《みなぎ》らせ、魔王のように眼下を睥睨《へいげい》している。

「なんでだよ、十香ッ！　一体、何がお前にあったんだ⁉」

「騙《だま》された」

悲痛な表情の士道を、十香は深い絶望に染まった目で見下ろしながら語る。

「シドー……私は騙された……騙されたのだ、人間に」

「なん……だって……？」

「そして、思い出したのだ……しょせん、人間など信用できない生き物だったということを！」

「シドー、やっぱり、私は人間を信じられない……ッ！　もう何も信じられない……ッ！　私はもう、今までの私ではいられないんだぁ！」

「そ、そんな……」

どんっ！

十香の全身からさらに高まる絶大な霊力。

「うわぁ⁉」

その衝撃波で吹き飛ばされ、転がっていく士道。

事態は最早《もはや》、取り返しのつかないところまで来ているようであった。

一体、何が十香をそこまで絶望させたのか……彼女を騙した者とはなんなのか……士道にはまるで与《あずか》り知らぬことだが。

「くそ……俺のせいだ……」

士道は深い自責の念に囚《とら》われ、力なく地面を叩《たた》く。

「あんなに十香の近くにいたのに……俺は十香の葛藤に気付いてやれなかった……ッ！　俺がもっと注意深く十香を見ていれば、こんなことは……防げたかもしれなかったのに！」

「そうだな……私がこうなったのはお前のせいでもあるぞ、シドー」

「やっぱりそうか……ッ！」

士道が再び地面を叩く。拳が裂け、じわりと血が滲《にじ》む。

「くそ……俺のせいで十香が……俺の……俺の……」

そんな風に士道が深く後悔していた……その時だった。

「まだ、諦めるのは……早いです！」

「そうよ！　らしくないじゃない！　士道！」

二人の少女が、士道の前に現れる。

四糸乃と七罪……二人とも霊装姿だ。

「よ、四糸乃……七罪……ッ⁉」

「別に、これをライバルを蹴落とす絶好の好機と見てもいいのだけど」

さらに士道の前に、一人の白い天使のような少女が現れる。同じく霊装に身を包んだ折紙だ。

「これはさすがに寝覚めが悪い。十香のためではなく、あなたのために力を貸す。士道」

「折紙まで……ッ⁉」

そして――

「何、女々しくへちゃって地面にキスしてんのよ、平らなのが趣味？　このヘタレ士道」

真紅《しんく》の軍服を肩かけして、チュパチャップスを咥《くわ》えた琴里も現れる。

「言ったでしょう？〈ラタトスク〉は士道のために作られた機関だって。士道に、どうしようもない理不尽に抗《あらが》う意志がある限り、私達は士道を全力でサポートするって」

「こ、琴里……」

「そして、士道。精霊に関して、たとえどんな困難があろうが、私達のやるべきことはいつだって変わらない……それがどんな絶望的な状況であろうとも……違う？」

そんな琴里の叱咤《しった》に。

駆けつけてくれた皆の頼もしい姿に。

士道の魂に、熱い炎が燃え上がってくる。

「……そうだったな、諦めるのはまだ早かった。ああ、いつも通りやってやるさ！　俺は諦めない！　絶対に十香を救う！　皆、どうか俺に力を貸してくれ！」

「ふん。それでいいのよ、それで」

士道の宣言に、琴里は満足そうな不敵な笑みを浮かべ、空を見上げて宣言するのであった。

「さぁ……私達の〈戦争《デート》〉を始めましょう」

────。

とまぁ、いつものように、なんやかんやあって──

────。

「ダイエットに失敗したからぁあああああああああああ──ッ!?」

紆余曲折《うよきょくせつ》の果てに、なんとか無事に十香の精霊の力を封印することに成功した士道は、その理由を聞いて、思いっきり脱力するのであった。

「ちょ──お前、十香!? 反転寸前まで行った理由が本当にそれか!? 嘘《うそ》だろ!?」

「うぅ……すまない……信じていたサプリもまったく効果なくて……むしろ余計に太って……」

いつも通り霊装がボロボロになって半裸状態の十香が顔を赤らめて、涙目でそっぽを向く。

「いや、いくらなんでも、その程度で……なぁ!?」

士道が同意を求めようと、一同を振り返るが。

「まぁ、わかるわ」

「わかる……かもです」

「わかるわね」

「私なら自殺する」

「マジで⁉」

女性陣の概《おおむ》ね肯定的な反応に、狼狽《うろた》えるしかない士道であった。

「本当にすまない……私、シドーにその……太って嫌われたくなくて……色々一所懸命に痩せようとがんばったのだが、全然ダメで……」

落ち込む十香の頬を涙が伝っていた……その時だった。

「すまなかった、十香！」

そんな十香に、突然、士道が頭を下げていた。

「し、シドー？」

「俺が悪かった！　確かに最近、作ったら作っただけ、十香が喜んで食べてくれるから調子に乗ってた！

作るなら、栄養バランスと健康も考えないとダメだよな！」

「そんな……本当は、シドーはまったく悪くないぞ！　悪いのはガマンできずに食べまくった私で……ッ！」

「それでも、今回の件、やっぱり俺にも責任あると思うよ。だから、その責任をちゃんと取らせてくれ」

「ぬっ？　責任だと？」

士道の思わぬ申し出に、十香が目を瞬《しばたた》かせる。

「責任？　士道、駄目。そんな女に責任など取らなくていい。将来的に、士道に責任を取らせるのはこの私――」

「うん、間違いなくそういう意味じゃないから引っ込んでてくれない？」

ジト目の琴里が、駆け寄ろうとする折紙の腕を摑《つか》む。

そんな二人を他所《よそ》に、士道は十香へ言った。

「次から、ちゃんと栄養バランスとカロリーを計算して、ヘルシーで低カロリー、かつ美味《おい》しい料理を作る。そういう料理も『MyTube』では紹介されているからな」

「し、シドー……」

「ダイエットって、無理にしなくても普段の食生活を改善することで、充分に効果を出せるんだよ。

安心しろ、十香。きっとすぐに以前の体重に戻るさ」

励ますように言って、十香の肩を叩く士道。

「うぅ、シドー……シドーぉ……あ、ありがとう……ぐすっ……」

十香は感極まって、シドーに抱きつくのであった。

「一件落着……ですね……」

「はー、まったく人騒がせな」

苦笑する四糸乃に、呆《あき》れ顔の七罪。

「士道にそこまで甲斐甲斐《かいがい》しく……やはりあの好機を逃すべきではなかったかもしれない」

と、なんだか怖いことをブツブツ呟《つぶや》いている折紙。

そんな一同を流し見ながら、琴里もぼやく。

「にしても、ダイエット失敗で反転寸前までいくとはねぇ……つくづく精霊って、まだまだ、わからないこと多いわね。

令音に、今度から精神状態だけじゃなく、細かい体重変化もモニターするように言っておこうかしら……」

そんなこんなで。

体重を発端にした、今回の騒動は無事に幕を下ろすのであった。

そして――

「シドー！　今日のご飯も美味しいぞ！　おかわりをくれ！」

「おう、今日のもヘルシーなやつだから安心して、たくさん食べていいぞ」

五河家の食卓にて。

今日も今日とて、嬉《うれ》しそうに食事する十香の元気な声と、同じく嬉しそうに対応する士道の姿があった。

「はぁ～、本当、あの時はどうなることかと思ったわ」

士道特製肉野菜炒《いた》め（やっぱり美味《うま》い）を突《つつ》きながら、琴里がぼやく。

「アレから士道の徹底した、低カロリーでヘルシーな食事と、〈ラタトスク〉が総力を挙げて立案したダイエット・プロジェクト……それらが功を奏して十香の体重が元に戻って、本当に良かった……」

そして、隣に座る折紙を見る。

「あなたも、十香の痩せるための運動プログラムに付き合ってくれて感謝するわ。おかげで効率良く、十香がプログラムを消化できた」

「構わない。同じ女として、ほんの少しだけ同情の余地はある」

「うん。感謝はしているけどね。タッパーに士道の食べかけの料理を詰めるのは……って、もういいわ、突っ込むのも面倒だわ」

諦める琴里であった。

「でも……食べ過ぎと体重は……私達も気をつけないと……いけませんね」

「本当にね。油断してると、士道ったら次から次へと際限なく美味しいもの作りまくるんだから」

四糸乃や七罪も複雑そうに苦笑いしている。

「む。それに関しては、俺も反省してるよ……これからは作るにしても、お前達の健康のことも、ちゃんと考えるからさ」

頭を掻《か》きながら士道も苦笑する。

「でも、ちゃんと痩せることができてよかったぞ！　おかげでこうしてまた、シドーの美味しいご飯を食べられるからな！」

当の十香はご機嫌だった。

「その、なんだ……色々あったけど、これからもよろしく頼むぞ、シドー」

「ああ、任せとけ。五河家の食卓は俺が守る！」

照れたような十香に、士道が胸を張ってそう答えて。

そんな少年少女達の、穏やかで楽しい食事の時間は、ゆっくりと流れていくのであった

――

DATE A LIVE ANOTHER ROUTE

RacingNATSUMI

Author: Yu Shimizu

七罪レーシング

志瑞祐

「……十香《とおか》、大丈夫か？」

「うむ、問題ない。私はシドーを信じているぞ」

不安そうに話しかける士道《しどう》に、自信たっぷりに答える十香。

彼女の声音からは、士道への強い信頼が感じられた。

「それじゃ、行くぞ」

士道はうなずくと、十香のボディを摑《つか》み、

ギュイイイイイイン——！

カチッ、とスイッチを入れた。

◇

とある休日。士道がスーパーで夕飯の材料を買ってきた、その帰り道。

ちょうど公園の前を通りかかったところで、

シャ————ッ！

と、耳慣れない音が聞こえた。

「……ん？」

眉をひそめ、音のしたほうへ視線を向けると、

「いっけー、マグナムーっ！」

「負けるな、ソニックーっ！」

公園にある滑り台の周囲に数人の小学生たちが集まり、歓声をあげていた。

「ふん、そんなセッティングで、私の〈スーパー七罪《なつみ》スペシャル〉に勝とうなんて、百年早いわね」

……いや。約一名ほど、小学生じゃない少女が混じっていた。

見間違えようもない。くたびれたクソダサジャージに、強いくせっ毛の髪。

七罪である。

「……な、七罪、なにやってるんだ？」

士道は頭に疑問符を浮かべつつ、様子を観察した。

砂煙をたてて公園を爆走しているのは、レーシングカーのプラモデルのようだ。

士道はあまり詳しくないのだが、たしか、電池とモーターで走る、『マシン四駆』というレーシングホビー玩具である。

安価で手軽に組み立てられる上、豊富なパーツによるカスタムが可能なため、大人でもハマる人が続出し、全国で空前のブームになっている……らしい。

公園を走る『マシン四駆』の中でも、ぶっちぎりの速さのマシンがあった。ほかのマシンをあっというまに抜き去り、ゴールの壁に当たって止まる。

「なつみねーちゃん、すげえええええ！」

「どんな改造したらそんなに速くできるんだよ？」

「ふ、ふん……たいしたことないわよ、このくらい」

小学生の集団に囲まれた七罪は、こほんとわざとらしく咳《せき》をして、

「市販のキットをほぼ素組みしただけだし、モーターも天宮模型《アマミヤ》の正規パーツよ。大事なのは、とにかく丁寧に作ること。接合部の微妙な歪《ゆが》みが走りに影響を与えるんだから」

などと講釈をはじめている。

小説が書けたり、漫画が描けたりと、なにげに多才な七罪は、手先も器用なので、『マシン四駆』を作るのも得意なのだろう。

小学生相手に得意げにアドバイスする七罪を、士道が微笑《ほほえ》ましく眺めていると、

「いい？　『マシン四駆』はね、パーツの性能を正しく理解してない……と……」

公園の入り口に立つ士道の姿に、ようやく気付いたようだ。

たちまち、七罪の顔が引き攣《つ》った。

「……し、士道⁉　いつからいたの⁉」

「ああ、ちょうど前を通りかかったら、声が聞こえたから――」

士道は七罪のそばまで歩いて行くと、

「みんなで遊んでたのか？」

「ち、ちち、ちがうっ、遊んでたんじゃなくて、遊んであげてたのよ！」

七罪は頬をカアッと赤らめ、首をぶんぶん振った。

「そっか。七罪はお姉さんだもんな」

苦笑して、肩をすくめる士道。

「違うよ、なつみねーちゃんがぼっちでマシン四駆走らせてたから、声かけたんだ」

「なつみねーちゃんが一番熱くなってたよなあ？」

「……っ⁉　そ、それは、あんたたちに合わせて……」

小学生相手にムキになる七罪を、士道はまあまあとなだめ、

「それじゃあ、俺はもう行くから。夕飯、あまり遅くならないようにな」

「わ、わかってるわよ。いま帰ろうとしてたところだし」

「えー？　なつみねーちゃん、帰っちゃうのー？」

「まだいいじゃん、もう一回勝負しようぜー」

「わ、私は忙しいの。子供と遊んでる暇はないんだから」

ジャージの裾をひっぱる小学生たちを、七罪が振り払おうとした、その時だ。

ギャイイイイイイイイイッ――――！

なにか小さな影が、地面を高速で走り、士道たちのほうへ迫ってきた。

影は稲妻のようにジグザグに走行し、七罪たちのマシン四駆めがけて突っ込んでくる。

「……なっ⁉」

士道は目を見開いた。

その影が通り過ぎた、瞬間。

地面に置かれた『マシン四駆』が、真っ二つに斬り裂かれたのだ。

鈍い衝撃音。宙を舞い、バラバラになって飛散するマシン四駆のボディ。最初の一台を皮切りに、影は次々とマシン四駆を襲い、斬り裂いてゆく。

「……っ、あああああっ、〈スーパー七罪スペシャル〉が⁉」

真っ二つにされた愛機の姿に、悲鳴をあげる七罪。

たちまちのうちに、すべてのマシン四駆を破壊したその影は、砂煙を上げてターンすると、公園の入り口のほうへ走り去る。

「な、なんだ、あれ……？」

士道が呆然《ぼうぜん》と立ち尽くしていると、

「ふふ、どうです、なかなかのものでしょう、〈シャークスパイダー〉のパワーは」

「……っ⁉」

影をキャッチしたのは、隣町の中学の制服を着たメガネの少年だった。

そして、そのメガネの少年の背後には、同じ学校の制服を着た、大柄なモヒカン頭の少年と、なにやら大物感を漂わせた、ロン毛の少年の姿があった。

「おいおい、やりすぎだぜぇ。俺たちの獲物も残しておいてくれよぉ」

「ふん、あまり遊びすぎるなよ。目的はあくまで新マシンの性能テストだ」

「ふふ、わかってますよ――」

メガネの少年は、手にした『マシン四駆』のボディをぺろっと舐《な》めた。

サメを思わせる、凶悪なフォルムの『マシン四駆』だ。

……まさか、あの玩具《おもちゃ》で、マシン四駆を真っ二つに斬り裂いたのか？

士道たちが唖然《あぜん》としていると、

「な、なにすんのよ――――っ！」

真っ二つになった〈スーパー七罪スペシャル〉を手に、七罪が抗議の声をあげた。

「ふふ、あなたたちのマシンが弱すぎるのが悪いんですよ」

「この世界は弱肉強食、弱《よえ》ぇマシン四駆は狩られるだけなのさぁ」

メガネとモヒカン頭の少年は、平然と滅茶苦茶《めちゃくちゃ》なことを言ってくる。

「……な、なんなんだ、あいつら？」

と、小学生たちに問う士道。

「あいつら、マシン四駆狩りだよ！」

「マシン四駆狩り？」

聞き慣れない言葉に、士道は眉をひそめた。

「突然公園に現れて、『マシン四駆』を壊していく連中さ」

「べつの公園でもやられたって噂《うわさ》だぜ。遂《つい》にここにも来やがったんだ」

「……な、なるほど？」

なんのためにそんなことをするのかは、正直よくわからないが、玩具といっても、これは立派な器物損壊だ。見過ごすわけにはいかないだろう。

こほんとひとつ咳払《せきばら》いして、厳しい表情をつくる士道。

だが、士道よりも先に、七罪がぶち切れた。

「……～っ、あ、あんたたち、よくも私の〈スーパー七罪スペシャル〉を！」

真っ二つになったマシン四駆を手に、ずんずんと三人組に詰め寄ると、
ずべしっ！

ちょうど、足元を通り過ぎたマシン四駆に足を取られ、派手にスッ転ぶ。

「はぶっ……こ、の……なにすんのよおおお……」

「だ、大丈夫か、七罪⁉」

涙目で起き上がる七罪に、あわてて駆け寄る士道。

「やれやれ、野蛮だな。暴力に訴えようとするとは」

七罪を転ばせた、サソリのようなフォルムの『マシン四駆』は、華麗にターンすると、リーダー格のロン毛の少年の手に収まった。

「……〜っ、野蛮はどっちよ！　あの子たち、マシン四駆で遊んでただけなのに」

「ふん、弱いマシン四駆など、この世界には不要なのだ」

「そういうことです。文句があるなら、ボクたちにレースで勝つことですね」

メガネの少年が、地面に這《は》いつくばる七罪を見下ろした。

「……レース？」

「一週間後に開催される『天宮《てんぐう》カップ』に、我々は出場する。そのレースで、安穏としたマシン四駆の世界に、破壊マシンの恐ろしさを知らしめてやるのだ！」

「……っ、なんだか、よくわからないけど……」

七罪は立ち上がると、三人組を睨《にら》み据えた。

「そのレースで私が勝ったら、こんなこと、やめなさいよね」

「ふふ、いいでしょう。ボクたちに勝てば、マシン四駆狩りはやめてあげますよ」

「げへへ、お前らの貧弱なマシンじゃ、またぶっ壊されちまうだろうけどなぁ」

「その言葉、二言はないわね」

「お、おい、七罪――」

なんだか、雲行きのあやしいなりゆきに、士道が心配して声をかけるが、

「いいわ。だったら、そのレースで決着をつけようじゃないの」

七罪はびしっと指を突きつけ、三人組に啖呵《たんか》を切るのだった。

◇

「――と、そんなことがあったんだが」

五河《いつか》家のキッチン。いい具合に煮込まれたカレーの味見をしながら、士道は公園であった出来事を琴里《ことり》に報告した。

「なんか帰りが遅いと思ったら、そんなことになってたのね」

手元のスマホを操作しつつ、司令官モードで答える琴里。

「夕方の五時頃、だったわね？」

「ああ……って、なにしてるんだ？」

「七罪の様子は、ラタトスクが逐一監視しているでしょ——っと、これね」

琴里がスマホの画面をトンと叩《たた》くと、上空一五〇〇〇メートルからの映像が拡大され、例の公園が映し出された。あのサメのようなマシン四駆が、七罪たちのマシン四駆をつぎつぎと斬り裂いていく映像だ。

「……なにこれ。最近の玩具ってすごいのね」

「いや、俺も驚いたんだけどさ」

「……ん？　妙ね」

と、琴里は映像を一時停止して、怪訝《けげん》そうに眉をひそめた。

トントンと画面をタップし、映像を更に拡大すると——

「……っ、まさか、嘘《うそ》でしょ⁉」

「どうしたんだ？」

「士道、これを見て——」

琴里は真剣な表情で、スマホの画面をずいっと士道の目の前に突き出した。

サメのようなマシン四駆のボディから、光の刃《やいば》のようなものが飛び出している。

「間違いないわ。これ、超小型の顕現装置《リアライザ》よ」

「なんだって⁉」

顕現装置《リアライザ》とは、ユニットの周囲に随意領域《テリトリー》を展開し、装置の演算結果を現実世界に再現する、『魔法』のような超技術だ。この技術を利用したCR－ユニットはASTの主兵装であり、使用者の技倆《ぎりょう》次第では、精霊と互角に戦うことさえ可能となる。

確かに、顕現装置《リアライザ》を使えば、あんな風にマシン四駆を斬り裂くことも可能だろう。

「どうして玩具に顕現装置《リアライザ》が？　中学生が手に入れられるような代物じゃないし、そもそも、あんな玩具に搭載できるわけが……」

難しい表情でぶつぶつ呟《つぶや》きはじめる琴里に、士道も困惑の表情を浮かべるのだった。

◇

士道がカレーの鍋を抱えてリビングへ向かうと、すでに精霊たちが集まっていた。

十香と四糸乃《よしの》、六喰《むくろ》、折紙《おりがみ》、それに八舞《やまい》姉妹。美九《みく》は収録が押しているため、少し遅れて来るそうだ。二亜《にあ》は原稿の〆切りに追われ、夕食を食べる時間もないらしい。自業自得《じごうじとく》とはいえ、可哀想《かわいそう》なのであとで差し入れを持って行くことにしよう。

七罪の姿は見あたらない。まだこちらに来ていないようだ。

「シドー、この匂いは……カレーだな？」

と、お行儀良く着席した十香が、ぱあっと顔を輝かせた。

「ああ。動画で観《み》て、挑戦してみたんだ」

本日のメニューは、市販のルーに数種類のスパイスを加えた、割と本格的なバターチキンカレーである。動画サイトの料理番組を観て、試してみたくなったのだ。

漂うカレーの匂いに、十香はすんすんと可愛《かわい》く鼻をひくつかせる。

「む、きなこパンの匂いがするぞ」

「わかるのか⁉」

コクと旨味《うまみ》を増すため、ほんの少しだけ、隠し味にきなこを入れたのだ。

「くんくん。ほのかに士道の匂いがする。隠し味は……士道の汗？」

「お、折紙……冗談、だよな？」

真顔で呟く折紙に、士道は思わず戦慄した。

「呵々《かか》、この香《かぐわ》しき匂いは、異邦の地より齎《もたら》されし香辛料か」

「垂涎《すいぜん》。早く食べましょう」

「ふむん」

八舞姉妹、六喰も、カレーの匂いに誘われて、ふらふらとテーブルに集合する。

ただ一人、四糸乃だけは、そわそわした様子で玄関のほうを見つめていた。

「四糸乃？」

士道が声をかけると、四糸乃は顔を上げ、

「あの……七罪さん、は」

「ああ、たしかに、ちょっと遅いな……」

時計の針は七時を少し回っている。

「あの……私、様子を見に行ってきます」

「俺も行くよ。えっと、みんなは先に食べててくれ」

——士道と四糸乃は、五河家の隣にある精霊マンションを訪れた。

「そんなことが……あったんですか」

七罪の部屋に向かう途中、士道は公園であった出来事を四糸乃に話した。

「ああ、だから、ちょっと心配になってな」

『うーん、たしかに心配だねー』

四糸乃の左手のパペット、よしのんがこくこく頷《うなず》く。

最上階の部屋のインターホンを鳴らすも、出てくる様子がないので、琴里に借りた認証キーを使ってドアを開けた。

「七罪さん……入ります、ね」

廊下は真っ暗だ。だが、奥の部屋から、わずかな明かりが漏れていた。

士道は息を呑《の》み、部屋の中に足を踏み入れる。

と、デスクライトの下、机の前に猫背で座る七罪の姿があった。

机の上には、バラバラにされたマシン四駆のボディが散乱している。

「ああもうっ、こんなの、たかが玩具《おもちゃ》じゃないの、どうでもいいわよ、もう……」

七罪はくせっ毛の髪をかきむしる。

真っ二つになったボディを、接着剤でくっつけようとしていたようだ。

「七罪」

「……!? え、士道……と、四糸乃？」

士道が声をかけると、振り向いた七罪が目を丸くする。

「勝手に入っちまって悪かったな。夕食の時間だから、呼びに来たんだ」

「え、あ……もうそんな時間!?」

時計を見て驚く七罪。夕飯のことも忘れて没頭していたようだ。

ははは、と士道は苦笑して、パーツの散らばった机の上に視線を向ける。

「修理、できそうか？」

「無理よ。できたとしても、あんなマシンに勝てっこないわ」

悔しそうに唇を噛《か》み、七罪は首を横に振った。

「はあああああ、なんであんなできもしない啖呵切っちゃったのかしら」

膝を抱えてうずくまり、頭をかかえる七罪。

たしかに、普段人見知りの七罪は、あんなふうに啖呵を切ることはない。

……だけど、士道にはわかるような気がした。

ただ自分のマシン四駆を壊されて悔しいから、だけじゃない。きっと七罪は、マシン四駆を壊された、あの小学生たちのかわりに怒ったのだ。

「七罪は優しいな」

「は……はあ？　な、なによ、それ……」

士道が呟くと、七罪は頬を赤く染め、ふいっと目を逸《そ》らした。

「それにしても、なんなのよあれは。マシン四駆をバラバラに斬り裂くなんて」

「それが、あのマシン四駆、顕現装置《リアライザ》を使ってるみたいなんだ」

「……はあ？」

眉をひそめる七罪に、士道は先ほどの琴里との会話を話して聞かせた。

「な、なによそれ！　そんなの反則よ！」

バンッと机を叩き、七罪は憤慨して立ち上がった。

「……～っ、あいつら、なにが、『あなたたちのマシンが弱すぎるのが悪いんです』よ、顕現装置《リアライザ》付きのマシンなんて、精霊でもなきゃ敵《かな》うわけないじゃない」

真っ二つになったマシン四駆の残骸を握りしめ、悔しそうに唇を噛みしめる。

——と。

「あ、あの……七罪さん」

不意に、四糸乃がおずおずと声を上げた。

「四糸乃？」

「もしかして、精霊なら……その人たちに、勝てるんでしょうか？」

「……え？」

七罪は一瞬、怪訝そうに眉をひそめるが——

すぐにハッと気付く。

「だ、だめよ、そんなの！　もし四糸乃になにかあったら——」

「大丈夫です。私、七罪さんの力になりたいんです」

七罪の顔をまっすぐに見つめて、きっぱりと口にする四糸乃。

『七罪ちゃん、よしのんはけっこう頑固だぜー』

「で、でも……」

七罪はしばらく、迷うような表情を見せていたが――

「……わかった。四糸乃、力を貸して」

やがて、決心したように頷いて、四糸乃の手を取るのだった。

◇

一週間後。士道たちは『天宮カップ』の開催地である、郊外の大型公園にやって来た。

広大な芝生に覆われた自然公園で、休日にはよく、コンサートや野外フェスなどの大型イベントが開催されている場所だ。本日も公園の入り口近くには多くの食べ物の屋台が並び、さながらお祭りのような活況を呈している。

「うう……人が多すぎるわ。吐きそう」

人混みの中を抜けてきた七罪は、すでにグロッキー状態だった。

「……だ、大丈夫か？」

「うーん、今からその調子だと、本番のレースは大丈夫かしら」

琴里が心配そうに眉をひそめた。

「無理そうなら、俺だけでも出場するよ」

ツールボックスを手にした士道が、任せろと請け合う。

『天宮カップ』は、マシン四駆さえあれば、誰でも自由にエントリーできるため、士道もレースに参戦することにしたのである。

なにせ、あっちは三人。こちらも同じ人数を用意したところで、文句はあるまい。

頭数のもう一人は、レースの予選に出ているため、あとで合流するそうだ。

「それにしても、すごいコースだな」

と、士道は公園に設営された、マシン四駆のコースを眺め、呆《あき》れたように言った。

公園全体を使った、まるでジェットコースターのような巨大なコースである。

「ええ、大手の自動車メーカーが何社もスポンサーに入ってるらしいわよ。たしか、アスガルドの子会社も名前を連ねてたわね」

「……うげえ、ここを走るの？」

七罪が、年頃の女子にあるまじき、潰れたヒキガエルのような声でうめく。

レーサーはマシン四駆と一緒に併走し、時にはピット作業をこなす必要がある。

運動の苦手な七罪には辛《つら》そうだ。

――と、その時。

「ふふ、逃げずに来たようですね。その勇気だけは認めてあげましょう」

聞き覚えのある声に振り向くと。

「……っ、あ、あんたたち……」

メガネ、モヒカン、ロン毛の例の三人組が嘲笑を浮かべていた。

否《いな》、その三人だけではない。彼らの背後に、映画に出てくるマッドサイエンティストのような白衣を着た、禿頭《とくとう》の老人が姿を現した。

「ふぉっふぉっふぉ、貴様らか？　わしの傑作マシン四駆に挑む愚か者どもは」

「……!?　あ、あなたは、まさか——黒神《くろがみ》博士!?」

突然、琴里が驚愕《きょうがく》の声を上げた。

「知ってるのか、琴里？」

「……ええ、直接の知り合いじゃないけどね」

額の汗を拭いつつ、頷く琴里。

「元はＤＥＭインダストリーの研究開発部に所属していた天才科学者よ。ＤＥＭの黎明期《れいめいき》に入社して、顕現装置《リアライザ》の開発に多大な貢献をしたといわれているわ。けど、彼は数年前に突然、ＤＥＭを解雇され、姿を消した」

「解雇？　どうして……」

「彼は、目の付け所がシャープすぎたのよ」

「……それは、いいことじゃないのか？」

眉をひそめる士道。琴里は首を横に振り、

「彼は、あらゆる家電に顕現装置《リアライザ》を組み込もうと画策していたの。クーラー、空気清浄機をはじめとして、ゲーム機、掃除機、電子レンジ、はては炊飯器まで――」

「……うーん。それは、たしかにシャープすぎる気がするな」

そもそも、顕現装置《リアライザ》は適性のない一般人には使いこなせないはずである。

「結局、予算を使い込んだことが上層部にバレてクビになったみたいだけど、まさか、玩具に搭載できるほど小型の顕現装置《リアライザ》を開発していたなんて」

「ふぉっふぉっふぉっ、いずれわしの開発した破壊型『マシン四駆』が、兵器として世界の戦場を席巻《せっけん》する。わしを追放したＤＥＭの愚か者、世間の連中に、わしの研究が正しかったことを証明するのじゃああああああ！」

「……そうはいかないわ」

「なに？」

マッドサイエンティストはぴたりと哄笑《こうしょう》を止め、七罪を見下ろした。

「わ、私たちがレースに勝ったら、約束通り、マシン四駆狩りをやめてもらうわ」

その異様な眼光にたじろぎつつも、七罪はきっぱりと言い放つ。

黒神博士はふん、と嘲笑するように鼻を鳴らし、

「よかろう。わしの研究者生命をかけて生み出した究極の破壊マシンが、そこらのマシン四駆に負けることなど、絶対にあり得ぬのだからな」

「そこらのマシン？　それはどうかしらっ——」

七罪はバッとツールボックスの蓋を開け、

「これが、私の新マシン——〈ネオよしのんＸ Ｘ《ダブルエックス》〉よ！」

一台のマシン四駆を取り出した。

雪のように真っ白なカラーリングのボディ。ウサギの耳を思わせる、流線形のリアウィング。ホイールには、ウサギを模したパペットの絵が刻印されている。

「なに、オリジナルのマシン四駆だと⁉」

黒神博士が驚愕に目を見開く。

「博士、あのマシンは一体……？」

「ふん、狼狽《うろた》えるでない。素人《しろうと》の改造したオリジナルマシンなど、わしの生み出した三機の最高傑作、〈シャークスパイダー〉、〈コロッサスＧ〉、〈ヘルスコーピオン〉の前では、ただの玩具にすぎん！」

「そ、そうですね、博士」

「その新マシンも、また斬り刻んであげますよ」

「ああ、粉々にぶっ壊してやるぜぇ」

「ふぉーふぉっふぉっふぉ、覚悟しておくんじゃなあ」

高笑いを上げつつ、立ち去る黒神博士と三人組。

その後ろ姿を睨《にら》みつつ、

「二人とも、あんなのに負けちゃだめよ」

呟《つぶや》く琴里に、士道と七罪はしっかりと頷《うなず》くのだった。

◇

『はぁーい、よい子のみんなぁー、マシンの準備はできましたかぁー?』

ステージに設置された巨大スピーカーから、聞き慣れた声が響きわたった。

ステージ上でマイクを握るのは、レースクイーンのコスチュームを着た美九である。

彼女は突如、この『天宮カップ』の実況役に抜擢《ばってき》されたのだった。

もちろん、偶然などではない。一週間前に七罪がレースに出場すると聞いた美九は、その場でマネージャーに連絡し、この仕事をもぎ取ったのである。急な話ではあったが、主催者側も、あの誘宵《いざよい》美九の申し出とあっては断る理由はないだろう。

『天宮市のマシン四駆レーサーの頂点を決める「天宮カップ」、参加マシンはなんと二百台。午前の部ですでにタイムアタックによる予選を終え、決勝に残った強豪マシンは二十台。はたして何台がゴールできるのか。注目のレーサーは、マシン四駆界に突如現れた新星、七罪さん。ああ、今日もとってもキュートで可愛《かわい》いですよぉー！』

「ちょ、ちょっと、なに言ってんのよ！」

マシンのセッティングをしていた七罪は、ステージを振り返って叫んだ。

「あの、七罪さん……右のローラーのネジが、少し緩い気がします」

「あ、ごめん……ちょっと待ってて」

四糸乃の声にあわてて頷くと、七罪はドライバーで、〈ネオよしのんＸＸ〉のネジをくるくると締め直す。

「ありがとう……ございます、七罪さん」

「お礼を言うのは私よ、四糸乃。無理をさせて、悪いわね」

七罪は〈ネオよしのんＸＸ〉に小さく頭を下げた。

そう、七罪の用意した切り札、新マシンの正体はもちろん、七罪の天使〈贋造魔女《ハニエル》〉の力でマシン四駆に変化した四糸乃である。

顕現装置《リアライザ》を搭載したマシンに対抗するには、精霊をマシン四駆にするしかない。

あの時、四糸乃が提案したのは、なんとも大胆な発想だった。

――と、いうわけで。もちろん士道のマシンも、

「……十香、大丈夫か？」

「うむ、問題ない。私はシドーを信じているぞ」

シャ――――――――――――ッ！

士道がスイッチを入れると、〈十香セイバー〉が快調なモーター音を鳴らす。

各所にクリアパーツを使用した夜色のボディ。鋭い大剣のようなそのフォルムは、正面からの風を切り裂き、直線コースでの加速を有利にする。

「もう少し、ウェイトのバランスを調整したほうがよさそうかな」

士道はわずかに首をかしげると、ツールボックスから交換パーツを取り出した。

マシン四駆の走りは、セッティングによって大きく変わる。速度を追求することはもちろんだが、コースアウトしないよう、重心のバランスをとることも大事だし、コースに合わせたパーツ選びも重要だ。〈十香セイバー〉には、グリップ力に優れた特殊ゴムのタイヤと小型ホイールを採用し、ローラーはボールベアリング内蔵のものを採用、更にシャーシの剛性を高めるため、カーボンプレートによる補強も忘れない。

玩具《おもちゃ》のようにみえて、じつは思った以上に奥が深い。昨晩は思わず、セッティングに夢中になり、夜更《よふ》かししてしまった士道である。

と、そんな士道の隣では、

「ふっ、我は天を翔《かけ》る颶風《ぐふう》の魔神。今のは魔神とマシンをかけているがゆえに」

「打倒。これは真剣勝負、士道たち相手にも手は抜きません」

漆黒のマシンを手にした夕弦《ゆづる》が、びしっと士道たちを指差した。

七罪が頭数として協力を頼んだ精霊は、八舞姉妹である。

二人とも、七罪のお願いを快く受けてくれたのだが、彼女たちはどちらかというと、純粋に勝負ごとに興味があるようだ。

耶倶矢《かぐや》が〈贋造魔女《ハニエル》〉によって変化したマシン、〈颶風魔神《シュツルムマシーネ》〉のボディは、限りなくフラットなデザインで、空力効果を最大限に高めている。

たしかに、夕弦より耶倶矢のほうがエアロ効果はありそうだな、と思う士道だった。

「ねえ、士道。なんか失礼なこと考えてない？」

「あ、いや、デザインがカッコいいなって思ってたんだ」

と、そんなやりとりをしていると、

『さあ、いよいよレース開始ですよぉ！　選手の皆さん、スタート位置へどうぞ！』

美九の実況の声が、いよいよレースの開始を告げた。

予選を抜けた二十台のマシン四駆が、スタート位置でモーター音をあげる。

そして――

『――レディ・ゴー！』

美九のかけ声と共に、一斉にスタートを切るのだった。

◇

レースは開始早々、波乱の幕開けだった。スタートから二十メートルの地点で仕切りのレーンが消え、各コースがひとつに合流したのだ。

『おおっとぉ、いきなりクラッシュです！　マシンが次々と宙を舞う！』

合流地点でぶつかり合い、コース外に跳ね飛ばされていくマシン四駆。

「……いきなり乱暴な展開ね」

観客席でステージ上の大型モニターを眺めつつ、琴里は呟いた。

「ははーん。なるほどねー。軽量化しただけの安定感のないマシンは、ここで振り落とされるわけだ。コースの設計者はなかなか意地悪だねー」

琴里の隣で、二亜が屋台で買ったイカの燻製《くんせい》をもぐもぐ咀嚼《そしゃく》する。

すでにビールを一杯ひっかけているらしく、顔が赤い。

「ま、この先はしばらくストレートが続くから、トルクより回転数重視のモーターを搭載した、少年のセッティングが有利かねえ」

「二亜、結構詳しいのね……」

「まーね。徹夜あけじゃなければ、あたしも愛機のアバンテちゃんで出たかったなー」

「二亜、あんた本当は何歳なの……？」

「あっ、ほらほら、少年のマシンが抜け出したみたいだよ」

ジト目で見つめる琴里を無視して、二亜はモニターを指差した。

◇

「ぜぇぜぇ……はぁはぁ、も……もうだめ……無理、きっつい……」

最初の数十メートルを走っただけで、七罪はすでにバテバテだった。

「こ、これは運動不足だと……たしかに厳しいかもな」

モーターで走るマシン四駆と併走し続けるのは、高校生の士道でもなかなかキツい。

……おかしい。マシン四駆のアニメでは、みんな余裕で併走してたのに。

「──おお、風が気持ちいいぞ、シドー」

いっぽう、先頭集団を抜けて走る十香は妙に楽しげだ。

〈十香セイバー〉のセッティングは直線重視。序盤で一気に突き放し、逃げ切る作戦だ。

シンプルだが、これがまっすぐな十香の気性に、一番合っていると思ったのだ。

「いいぞ、十香。このまま逃げ切っちまおう」

「うむ、任せろだ！」

五十メートルも続くストレートで、十香はぐんぐんスピードを伸ばしていく。

そんな十香を追って必死に併走しつつ、士道はチラッと背後に目をやった。

〈ネオよしのんＸＸ〉と〈颶風魔神《シュツルムマシーネ》〉はトップ集団の中で競《せ》り合っている。

黒神博士率いる例の三人組は、はるか後方にいるようだ。

まだ仕掛けてこないのか。それとも――

思案していると、直線の途中で、急に十香のスピードが落ちはじめた。

「十香、どうしたんだ⁉」

あわてて声をかける士道。

早くも、熱によるモーターの疲弊だろうか。

「……す、すまない、シドー」

と、十香はすこしばつが悪そうに口を開いた。

「マシンに変化する前、屋台のきなこパンをひとつだけ、食べてしまったのだ！」

「き、気にするな！　それはたぶん、関係ないと思う……ぞ？」

「そ、そうだろうか？」

「たぶん……」

……いや、それとも、ちょっとは関係あるのだろうか？

その時。背後で、ガシャンとなにかの砕けるような音がした。

「……っ⁉」

振り向くと、粉々になったマシン四駆のボディが、コースに散乱している。

「ふふ、そろそろ狩りをはじめましょうか」

「へへ、全部のマシンを破壊するために、わざとスタートを遅らせたのさぁ！」

黒神博士の破壊マシン、〈シャークスパイダー〉と〈コロッサスG〉が、後方を走るマシン四駆を次々と破壊し、コースの外へ吹っ飛ばしていく。

「……十香、来るぞ。気をつけろ！」

「うむ、シドー。しかし、コースが変わってしまったぞ――」

ストレートの次は、曲がりくねったカーブばかりのコースだ。

ここは〈十香セイバー〉の苦手とするところである。一方、コーナリング重視の〈ネオよしのんXX〉は、可変型ダンパーと、ベアリングローラーによる滑らかなコーナリングで、ぐんぐん差を詰めてくる。

「はぁはぁ……よ、四糸乃、大丈夫？　壁にあたって痛くない？」

「平気……です。ローラーが、ショックを吸収してくれます……から」

『おう、よしのんの華麗なドリフトを見せるぜい』

タイヤのホイールに刻印された、『よしのん』のイラストが喋《しゃべ》る。

「あ、あの、七罪さんのほうが……大変なんじゃないですか？」

「はぁ……はぁ……へ、平気……よ……！」

苦しそうに喘《あえ》ぎつつも、七罪はぐっと親指を立ててみせる。

突然、ゴオオオッと強風が吹き荒れ、七罪のくせっ毛の髪が派手に乱れた。

「……うぐっ!?」

カーブの続くコースの先、前方に現れたのは、無数の巨大な扇風機だ。

台風のシミュレーション実験なんかで使う、アレである。

『出ましたぁ、「天宮カップ」の目玉、巨大扇風機ゾーンです！　多くのマシンがここで振るい落とされる魔のゾーン、運営は一体なにを考えているんでしょうかぁ！』

吹き荒れる強風で、軽量化しすぎたマシンはどんどんコース外に吹き飛ばされる。

「……っ、どんなコースだよおおお！」

正面から強風を受けた士道が、頬を波打たせながらつっこんだ。

「十香、大丈夫か⁉」

「うむ、この程度の風、へっちゃらだ！」

風を受けて速度は少しダウンしたものの、安定した走りをみせる〈十香セイバー〉。軽量化のしすぎを心配したが、きなこパンで重量を増したせいだろうか、風の影響を最小限に抑えられているようだ。

――しかし。その〈十香セイバー〉を、一台のマシンがあっという間に抜き去った。

「呵々《かか》、我は颶風の御子。漆黒の凶《まが》ツ風《かぜ》よ、我に禁忌の力を与えよ！」

「好機。耶倶矢の平坦《へいたん》ボディは、風を味方につけるエアロ構造」

「ねえ、夕弦、いまなんか悪口言わなかった⁉」

「失言。なにも言ってません」

「いま失言って言ったし！」

そんな言い争いを続けながら、〈颶風魔神《シュツルムマシーネ》〉は、風を受けて更に加速した。

◇

『さあ、ここで夕弦選手のマシンが一気に飛び出しました！　加速の秘密は平坦なボディでしょうかぁ？　ちなみに、私はたわわでふわんふわんな夕弦さんも、片手にすっぽり収まる耶倶矢さんも、どっちも好きですよぉ！』

「……ちょっ、あの娘《こ》、なに言ってんの⁉」

自由奔放な美九の実況に、観客席の琴里が冷や汗を流す。

「あの平坦なボディが、空力効果による強烈なダウンフォースを生み出しているんだね」

「……ダウンフォースなんて、ほんとにあるの？」

したり顔で解説する二亜に、疑わしげな視線を向ける琴里。

八舞姉妹が、風の精霊の権能を発現させているようにしか見えないのだが。

「──あら、あら。マシン四駆にとって、ダウンフォースはとても重要ですのよ」

琴里の隣に座っていた少女が、突然口を開いた。

半ズボンに、Tシャツ、日焼けした肌。一見すると少年のような出《い》で立ちだ。

野球帽を目深《まぶか》にかぶっているため、顔はよく見えない。

「風に飛ばされているマシンは、無茶な軽量化で空力効果が減衰していますの。重すぎるのはよくありませんが、過度な肉抜きは逆効果ですのね」

「……だ、誰？」

と、眉をひそめる琴里。

「ふふ……わたくしは、少年のホビーをこよなく愛する『わたくし』ですわ」

「ほんとに誰⁉」

◇

「くっ、思った以上に、風の勢いが強い……！」

巨大扇風機の風に抗《あらが》いながら、士道は必死に走った。

風を味方に付けた八舞姉妹はもう、はるか前方だ。

「さあて、そろそろお前らの番だぜぇ！」

背後からは、三台の破壊マシンもぐんぐん迫ってくる。

光の刃《やいば》でマシンを斬り裂く〈シャークスパイダー〉。

随意領域《テリトリー》の重力場でマシンを踏み潰す、超重量級マシンの〈コロッサスG〉。

そして、いまだ能力は不明な〈ヘルスコーピオン〉。

三台とも顕現装置《リアライザ》の随意領域《テリトリー》を展開し、強風をものともしていない。

「……っ、七罪、気を付けろ。しかけてくるぞ！」

「ええっ⁉　ちょ、ちょっと⁉」

七罪があわてた声を発した。

「ふふ、また斬り刻んであげますよ！　前のマシンのようにね！」

〈シャークスパイダー〉が、フロントバンパーに顕現装置《リアライザ》の刃を発生させた。

「きゃあっ！」

ギャリリリリリリリリッ！

迫り来る刃を、四糸乃はギリギリで回避。

光の刃はコースの外壁を削り取る。

「へえ、よく躱《かわ》しましたね」

「ふん、じゃあこれはどうだっ、コロッサスGクラッシュ！」

超重量級マシン〈コロッサスG〉がジャンプして、ふらつく四糸乃に襲いかかる。

「――四糸乃！」

前を走行する十香が咄嗟《とっさ》に急減速。四糸乃を強引に弾《はじ》き飛ばした。

ズガアアアッ！

〈コロッサスG〉の車体が落下。コースに巨大な穴を開ける。

弾かれた〈ネオよしのんXX〉は、なんとか体勢を立て直す。

「十香さん……ありがとう、ございます……」

「シドー、あれに潰されたら、精霊といえどさすがにぺしゃんこだぞ」

「……ああ、そうだな」

走る士道の額に冷たい汗が流れた。

「ふっ、あなたのマシンから始末してあげますよ！」

メガネの少年の操る〈シャークスパイダー〉が、今度は十香を狙う。

「十香！」

士道が叫んだ。

瞬間。〈十香セイバー〉のフロントバンパーがせり出し、鋭いブレードに変形する。

「なんだと⁉」

変形した〈十香セイバー〉のフォルムは、まるで〈鏖殺公《サンダルフォン》〉の刃のようだ。

ギイイイイイインッ！

火花が散った。顕現装置《リアライザ》の刃が弾かれ、〈シャークスパイダー〉が吹き飛ばされる。

「なっ、ボクの〈シャークスパイダー〉の攻撃が⁉」

「この程度の攻撃、折紙のほうがよほど手強《てごわ》かったぞ」

「くそっ、もう一度だ！　切り刻め、〈シャークスパイダー〉！」

顕現装置《リアライザ》の刃と、〈十香セイバー〉のブレードが交錯する。

火花散るデッドヒート。まるでＡＳＴの魔術師《ウィザード》と精霊の戦闘のようだ。

「七罪、ここは俺と十香が食い止める。先に行け！」

「で、でも、士道……」

「大丈夫。あとで必ず追い付く」

「……っ、わ、わかったわ」

唇を噛《か》み、こくっと頷《うなず》く七罪。

『任せたぜい、士道くん』

「おおっと、逃がすかよぉ！」

「そのマシンの始末は任せたぞ」

〈コロッサスＧ〉と〈ヘルスコーピオン〉が、〈ネオよしのんＸＸ〉を追う。

コースの先にそびえ立つのは、超急角度の坂道だ。

◇

『さあ、巨大扇風機ゾーンを抜けた先は、坂道の続く超アップダウンヒル！　まるでジェットコースターのような高低差のあるコースですよぉ！』

「うーん、あの急な坂道コースは、トルクのないマシンには不利だねー」

レースも終盤、大盛り上がりの観客席で、二亜がビールをぐびぐび流し込む。

「ええ、七罪さんの〈ネオよしのんＸＸ〉は、コーナリングを重視したセッティング。八個もあるローラーの重量があだとなって、坂道は厳しそうですわね」

「へえ、君、なかなかよくわかってるじゃん」

「わたくし、マシン四駆に関してはちょっと詳しいんですのよ」

ふふふ、と不敵に微笑《ほほえ》む短パンに野球帽の少女。

「だから、誰よ⁉」

琴里《ことり》がつっこんだ、その時である。

野球帽の少女の足元で、ぐにゃりと影が蠢《うごめ》いて――

「やっっっっと、見つけましたわあああっ、『わたくし』っ！」

左右不均等のツーテールに、ゴスロリファッションの少女が、突然飛び出してきた。

「きゃあっ……って、狂三《くるみ》？」

「琴里さん、不肖の『わたくし』が迷惑をおかけしましたわね。さあ、大人しく帰るのですわ、少年の心を持ったレーシングホビー好きの『わたくし』！」

「そんな殺生《せっしょう》な！　わたくし、せめてこのレースだけでも観《み》た……むぎゃあっ！」

「ふ、ふふ……失礼しましたわ、琴里さん。士道さんにどうぞよろしく」

暴れる少女の足をむんずと摑《つか》み、影の中にズブズブと引きずり込む狂三。

「……ほんとになんだったの⁉」

◇

「はぁ、はぁ、はぁはぁはぁはぁ……もう、無理……」

丘をのぼる坂道の途中で、七罪はバタッと倒れて力尽きた。

「七罪さん、大丈夫……ですか⁉」

「ごめん、四糸乃……もうだめ、かも……」

肩で息をしながら、答える七罪。

『七罪ちゃん、連中が後ろから来るぜー』

よしのんの声に、ハッと振り向くと。

〈コロッサスＧ〉と〈ヘルスコーピオン〉、二台のマシンが坂道を上り、迫ってくる。

七罪の顔が青ざめる。コースを粉々に破壊した、超重量級マシンの体当たり攻撃。あんなものを喰《く》らったら、四糸乃はぺしゃんこに踏み潰されてしまうだろう。

「……っ、い、いくわよ、四糸乃！」

七罪はふらりと立ち上がると、ふたたび坂道を走りだした。

ぜぇぜぇと死にそうな顔で、坂道の頂上まで一気に駆け上がる。

ダウンヒルの先に、トップを走る八舞姉妹の姿が見えた。

「夕弦、もう追いつかれたんだけど！」

「驚愕《きょうがく》。あの強風の中を抜けてくるなんて」

焦《あせ》りの声をあげる八舞姉妹。

加速重視の〈颶風魔神《シュツルムマシーネ》〉は、トルクの必要な坂道を苦手とする。巨大扇風機のゾーンを抜けてからは、アップダウンの激しいコースで苦戦していた。

「ふん、ちょうどいい、まずはトップを潰すぞ――」

「へへ、わかったぜぇ！　くらえ、コロッサスGクラッシュ！」

モヒカンが獰猛《どうもう》な笑みを浮かべた。

〈コロッサスG〉が坂道の頂点で重力場の随意領域《テリトリー》を展開。ジャンプした超重量級マシンは〈ネオよしのんXX〉を飛び越え、トップを走る〈颶風魔神《シュツルムマシーネ》〉の頭上に迫る。

「ぬあっ、なになに⁉」

「警戒。耶倶矢、回避してください！」

「ええっ、そんな急に無理――」

ズガオオオオオンッ！

落下する〈コロッサスG〉。コースの破片が飛び散り、砂煙が舞い上がる。

「へへ、いっちょあが――なに⁉」

モヒカンが驚愕に目を見開く。

踏み潰したはずの〈颶風魔神《シュツルムマシーネ》〉の残骸が、どこにも見あたらなかったのだ。

「嘲笑。そんな鈍重なマシンでは、風を捕まえることはできない」

「ふふん、そういうことよっ――」

姿を消した耶倶矢は、コ、ー、ス、の、壁、面、を、走、っ、て、い、た。

風の力で壁に張り付き、〈コロッサスG〉のプレス攻撃を回避したのだ。

『おおっとぉ、壁走り、これは壁走りです！　強力なダウンフォースでコースの壁に車体を押しつけながら走っている！』

もちろん、実際はダウンフォースなどではなく、八舞姉妹の精霊の力である。

風を纏《まと》い、地面を走るのと同じように、コースの壁を走り続ける〈颶風魔神《シュツルムマシーネ》〉。

と――

「ねえ、夕弦、コースが途切れてるんだけど⁉」

耶倶矢があわてた声を発した。

前方二十メートルほど先で、コースが寸断されているのだ。

『さあ、「天宮カップ」最後の関門は大ジャンプ台。バランスの悪いマシン、しっかり加速してないマシンは、真っ逆さまに落下して壊れてしまいます！　運営さんは本当になにを考えているんでしょうかぁ！』

「好機。耶倶矢、ゴールまで一気に飛びますよ」

「ええっ、本気⁉」

「首肯。耶倶矢なら、きっとできます」

「……わ、わかった、やってみる！」

ゴオオオオオオオオオオオッ――！

〈颶風魔神〉が、ジャンプ台の目前で風を巻き込み、一気に加速した。

そして――

「「八舞トルネエエエエエエドッ！」」

八舞姉妹の声がぴったり重なり、〈颶風魔神《シュツルムマシーネ》〉は宙を飛ぶ。

ぎゅるるるるるるるるっ――！

「呵々《かか》、我は天翔《あまかけ》る颶風の魔神――って、目がまわるしいいいいい！」

『なんとっ、飛んだっ、〈颶風魔神《シュツルムマシーネ》〉が飛びましたあああああ！　空中で車体を弾丸のように高速回転させ、軌道を安定させていますよぉ！』

興奮した美九の実況が響きわたる。

――その時。

「このときを待っていたぞ、やれ、〈ヘルスコーピオン〉！」

三人組のリーダー格、ロン毛の少年が不敵な笑みを浮かべた。

サソリ型のマシン、〈ヘルスコーピオン〉の尾が変形し、その尖端《せんたん》が持ち上がる。

「警戒。耶俱矢、なにか仕掛けてきます」

「ふん、無駄よ、こっちは空中なんだし——ふあっ⁉」

宙を舞う耶俱矢が、見えないなにかに弾《はじ》かれた。

空中でバランスを崩し、そのまま真下に墜落する。

「あ————れ————」

「失態。耶俱矢っ！」

夕弦があわててコースを離れ、墜落した耶俱矢を拾いに走る。

「ふっ、この〈ヘルスコーピオン〉の不可視の針からは、どんなマシンも逃れられん」

「……っ、ず、ずるいわよ、飛び道具なんて！」

〈ヘルスコーピオン〉の横を走る七罪が、抗議の声を上げた。

「ふん、レースに勝てばいいのだ。さあ、次はお前の番だ！」

〈ヘルスコーピオン〉が尾をもたげ、顕現装置《リアライザ》で生成した不可視の針を放つ。

「きゃあああああっ！」

不可視の針が〈ネオよしのんXX〉のリアウィングを粉砕した。

「四糸乃、逃げるわよ！」

「は、はいっ！」

「おおっと、逃がさないぜえ！」

前を走る〈コロッサスG〉がスピードを落とし、体当たりをしかけてくる。

随意領域《テリトリー》の重力場に触れ、〈ネオよしのんXX〉のローラーが弾け飛んだ。

「四糸乃！」

「ははは っ、いいぞ、そのまま押し潰せえええええええ！」

「い、いやあああああああっ！」

──その時。真っ白な〈ネオよしのんXX〉のボディが、眩《まばゆ》い光を放った。

ピキッ、ピキピキピキピキッ──！

コースに一瞬で霜が降り、走行する四糸乃の周囲が氷に覆われる。

不安定になった、四糸乃の霊力の一部が逆流したのだ。

氷にタイヤを取られ、激しくスリップする〈コロッサスG〉。

「な、なんだとぉ！」

「四糸乃、落ち着いて！」

走りながら、七罪は不安定になった四糸乃に声をかける。

このまま不安定な状態が続けば、〈贋造魔女《ハニエル》〉の変身も解けてしまう。

「は、はいっ……だ、大丈夫……です」

七罪の声で落ち着きを取り戻したのか、四糸乃の周囲の氷は溶けて消えた。

再び加速して、ジャンプ台を一気に飛び越える。

その先は、最後の直線コースだ。

◇

ギャリリリリリリリリリリッ！

火花を散らし激しいデッドヒートを繰り広げる、十香と〈シャークスパイダー〉。

マシン四駆どうしの刃《やいば》による鍔迫《つばぜ》り合いは、ジャンプ台で決着した。

競《せ》り合いつつ、同時にジャンプした二台のマシンは、空中で激しく衝突。

互いに弾かれ、真下の地面に墜落したのだ。

「馬鹿なっ、ボクの〈シャークスパイダー〉が！」

「十香っ！」

士道は落下する十香を追って、コースの下に飛び降りた。

急斜面の丘をザザーッと転がるように滑り降りる。

シャ————ッと、モーターの音のするほうへ駆け寄ると、十香は、地面にひっくり返り、タイヤを空転させていた。

「十香、大丈夫か⁉」

「うっ……シドー……すま……ない」

あわてて拾い上げると、〈十香セイバー〉のボディには亀裂が走っていた。

落下の衝撃だけではない。〈シャークスパイダー〉と繰り広げた鍔迫り合いで、ダメージがかなり蓄積していたのだろう。

シャフトが歪《ゆが》んでしまったのか、タイヤの回転がぎこちない。

これでは、まっすぐに走ることもままならない。

「……リタイアか」

呟《つぶや》く士道。悔しいが、これ以上、十香に無理をさせるわけにはいかない。

あとは、七罪と四糸乃に勝負を託すしか——

その時。ザッ、と背後で靴音が聞こえた。

士道が振り向くと、

「諦めるのはまだ早いわ」

「肯定。夕弦たちも協力します」

「……夕弦、耶倶矢？」

ジャンプ台の途中で落下した、八舞姉妹である。

「我が颶風の力の一端を、眷属《けんぞく》たる汝《なんじ》に貸し与えようぞ」

「……？」

「翻訳。耶倶矢のパーツを使って、応急処置をしてください」

夕弦が、耶倶矢から取り外したパーツの一部を士道に差し出した。

「……いいのか？」

「首肯。夕弦たちの分も走ってください」

こくっと頷《うなず》く夕弦。

士道はパーツを受け取ると、手にした〈十香セイバー〉に目を落とした。

「……十香、まだいけるか？」

「うむ、任せろだ、シドー」

問いかけた士道に、十香はきっぱりと答えた。

◇

『さあ、いよいよレースは最終盤、全長百メートルのスカイブリッジです。トップを走る七罪さんの〈ネオよしのんXX〉を、恐るべき破壊マシン、〈コロッサスG〉と〈ヘルスコーピオン〉が猛追する！　七罪さん、あと少しです！　ゴールで素敵なレースクイーンが待ってますよぉ！』

「ぜぇ、ぜぇ、ぜぇ……な、なに言ってんのよ、あいつ……」

激しく喘《あえ》ぎつつ、真っ青な顔で走る七罪。

すでに五百メートル以上は走っているだろうか。普段の体育の授業でさえしんどい七罪にとっては、とっくに力尽きていてもおかしくないレベルの苦行なのだが、不思議と、ギリギリのところでなんとか持ちこたえている。

これって、ひょっとして……と、ふと七罪は思った。

先ほどから、七罪の名前を呼ぶ、美九の実況の『声』。

あの声が、七罪にピンポイントで、活力を与えているのかもしれない。

「……い、一応、感謝しとくわね」

と、七罪が小声で呟いた、その時だ。

突然、前を走る〈ネオよしのんXX〉の後輪タイヤが弾け飛んだ。

「……っ!?」

キッと背後を振り向けば、〈ヘルスコーピオン〉が四糸乃をロックオンしている。

「はぁ、はぁ……よ、四糸乃、大丈夫⁉」

「まだ平気です……七罪……さん」

不安定に蛇行しながらも、四糸乃はなんとか体勢を立て直す。

七罪は、思わずマシンに手を伸ばそうとするのを、ぐっとこらえた。

ピットエリア以外で走るマシンに触れれば、失格になってしまう。

しかし、〈ネオよしのんＸＸ〉は、明らかにスピードダウンしている。

あと五十メートル、このまま逃げ切れるとは思えない。

「はぁ、はぁ、はぁ……」

七罪の体力も、もう限界だ。

……ああ、まったく。なに熱くなっちゃってんのかしら、私らしくもない。

心のどこかで、そんな声がする。

四糸乃にも、士道たちにも迷惑かけて、結局このザマなの？

こんなことなら、無謀な勝負なんてふっかけるんじゃなかった。

「……さん……七罪、さん――！」

四糸乃の声が聞こえた。

「諦めないで。私、一緒に七罪さんと……ゴール、したいです」

「……っ！」

七罪はハッとして、コースに目を戻した。

コースを蛇行しながらも、四糸乃はまっすぐゴールを目指している。

「四糸乃……」

七罪はくしゃくしゃと髪をかき混ぜると、

「……っ、わかった、一緒にゴールするわよ！」

ふたたび、前を向いて走り出した。

「ちっ、ちょこまかと！」

〈ヘルスコーピオン〉を操るロン毛の少年が、苛立《いらだ》たしげに歯噛《はが》みした。

「俺にまかせろ、こんどこそ、ぶっ潰してやるぜえええええ！」

〈コロッサスG〉の車体が、再び四糸乃の背後に迫る。

「四糸乃！」

七罪が悲鳴のような声をあげる。と――

「させるかああああああ！」

吠《ほ》えるような声が、あたりに響きわたった。

刹那。ものすごいスピードで走ってきた一台のマシンが、まるで閃《ひらめ》く剣の刺突の如《ごと》く、四糸乃と〈コロッサスG〉の間に割り込んだ。

「……士道!?」

叫んだのは士道。割り込んだのは、応急処置をほどこした〈十香セイバー〉だ。

十香のブレードが、〈ヘルスコーピオン〉をコース外へ弾《はじ》き飛ばし、〈コロッサスG〉の重力場を斬り裂いた。

「……っ、しまった!?」

「なんだとおおおお!?」

「七罪、四糸乃、今だ――」

「わ、わかったわ！」

士道の声に応え、七罪と〈ネオよしのんXX〉は、ブリッジを必死に走る。

「くっそおおおっ、こうなったら、橋ごとぶっ壊せ、〈コロッサスG〉！」

「なっ!?」

〈コロッサスG〉の重力場が暴走し、メキメキとコースの壁に亀裂がはしる。

そして――

バキイイイイイイイイッ！

スカイブリッジが、一気に崩壊した。

「……っ、コースが！」

そのまま、真下の池に落下する〈コロッサスG〉と〈ヘルスコーピオン〉。

「ははは、お前らも道連れだ。残念だったなあああっ！」

『あぁっと、スカイブリッジが壊れてしまいましたぁ！　こ、これは、レースは続行不可能でしょうかぁ⁉』

「……くっ！」

士道はゴールへ目を向けた。

〈ネオよしのんXX〉は、ゴールまであと十数メートル。

だが、間に合わない。コースの崩壊に巻き込まれて落下する。

「四糸乃⁉」

七罪が、落ちる四糸乃に思わず手を伸ばした。

と、その瞬間。

「大丈夫……です、七罪さん。私が、道を作ります」

ビョオオオオオオオオオオオオオオオオオ……！

周囲に激しいブリザードが吹き荒れた。

〈ネオよしのんＸＸ〉の真っ白いボディが、透き通った新緑色の光に包まれる。

「……まさか、限定礼装⁉」

七罪が眼《め》を見開いた。

崩壊した橋のすぐ下に、キラキラと輝く透明な橋が現れた。

〈氷結傀儡《ザドキエル》〉によって生み出された、ゴールまでまっすぐ伸びる、氷の橋だ。

「行きましょう、七罪さん！」

「え、ええ……！」

陽光に輝く氷の橋を渡り、〈ネオよしのんＸＸ〉は見事、ゴールしたのだった。

◇

『七罪さん、優勝おめでとうございますー、素晴らしいレースでしたよぉ』

「……あ……の……う、あ……」

優勝台の上で表彰を受けた七罪は、大勢の観客を前に、ガチガチに緊張していた。

優勝マシンの〈ネオよしのんＸＸ〉を、ぎゅっと握りしめている。

『わた、しじゃな、い……四糸乃と……士道、の……おかげ……す……』

美九の差し出したマイクに、かろうじて応える七罪。

『緊張してるんですかぁー。あぁーん、そんな七罪さんも可愛《かわい》いですぅ。はい、優勝した七罪さんには、レースクイーンのキスですよぉーんちゅううううう』

「ひっ……ちょ、ちょっと、いやあああああああ！」

「優勝賞品のマシン四駆一年分は、マシン四駆を壊された子供たちに配るそうよ」

そんなやりとりを微笑《ほほえ》ましく見守りつつ、琴里が言った。

「……そっか」

「少年ー、かっこよかったぜー。あー、あたしも出たかったなー」

べろべろに酔った二亜が士道に絡《から》んでくる。完全にだめな大人だった。

士道が酔っ払いの手から逃れようとしていると、くいくいっと袖を引かれた。

「シドー、お腹《なか》が空いたぞ！　あっちに、きなこパンの屋台があったぞ」

「……ああ、十香もがんばったもんな」

期待の眼差《まなざ》しを向けてくる十香に、苦笑する士道。

きなこパンの屋台のほうへ向かおうとしたところで――

「――ふぉっふぉっふぉっ、やりおるではないか」

ザッと目の前に現れたのは、白衣のマッドサイエンティストだった。

「……っ⁉」

優勝
4WD

士道は黒神博士をまっすぐに睨《にら》んだ。

「約束だ。もう、子供たちのマシン四駆を破壊するのはやめてもらうぞ」

「ふん、よかろう」

意外にも、あっさりと引き下がる。

「敗北を認めざるを得まい。普通のマシンに負けるようでは、な……」

……普通のマシンではなく、精霊なのだが、それは言わないほうがいいだろう。

「だが、わしはまだ諦めてはおらぬぞ！」

「なんだって？」

黒神博士は、白衣をばっと広げ、懐《ふところ》からなにかを取り出した。

「次は顕現装置《リアライザ》を組みこんだベーゴマ、『ベイブレーク』で勝負じゃあああ！」

「するかああああああああ！」

メカニカルなベーゴマを手にした博士に、士道は思いっきりつっこんだ。

DATE A LIVE ANOTHER ROUTE

VRSPIRIT

Author: Yuichiro Higashide

精霊ブイアール

東出祐一郎

言うまでもないことであるが。

精霊とは（かつて）恐ろしい存在であり、恐ろしい力を振るい、とにかく何かもう恐ろしいものであった。

だが、五河士道《いつかしどう》によって全ての精霊が概《おおむ》ね弱体化された結果、精霊の恐ろしさは鳴りを潜めたものの、何かの拍子に蘇《よみがえ》らないとも限らない。

そこで、ラタトスク所有空中艦〈フラクシナス〉のアルティメットＡＩであるマリアは考えた。

「精霊の戦闘データをバックアップがてら、ＶＲゲームにでもしちまえ。じゃないしてしまいましょう」と。

キャッチコピーは「あなたも精霊になれる！」「破壊屋稼業《かぎょう》待ったなし！」あたり。

「いや全然分かんないし。っていうか破壊屋稼業って何よ」

琴里《ことり》の理路整然とした指摘に、マリアも理路整然と答える。

「ノリです」

「ノリかー」

じゃあしょうがないな、などと琴里は遠い目をした。暇を持て余したＡＩが暴走するよりは数倍平和だ、と自分の中で納得する。

「という訳でデバッグというか、テストプレイを皆にお願いしたいのですが。いかがでしょう」

マリアの提案に琴里は快く頷《うなず》いた。

「いいわよ、とりあえず士道ね」

五河士道一択である。

「うん。とりあえずナマみたいなノリで兄を呼び寄せないでくれないか琴里」

呼び出された五河士道もまた、遠い目をしてクレームをつけた。

「暇でしょ？」

「暇って訳じゃないぞ」

帰宅部である五河士道にとって、放課後はイコール暇であるが暇ではない。十香《とおか》と一緒にきなこパンの買い出しに出ようと思っていたし、四糸乃《よしの》と一緒にのんびりしようと思っていたし、七罪《なつみ》と一緒に先日発売したゲームを
「よし暇《ひま》ね兆暇（非誤字）と見たわね問答無用生かして帰さぬ」

「理不尽⁉」

まあ、そういう事ならば仕方ないと士道は承諾した。それを聞いてぞろぞろと十香や四糸乃、七罪といった面々も駆けつけてきた。この手の話題に必ず食いつくであろう二亜《にあ》は、〆切りが金曜日夕方の場合は月曜夜まで粘るテクニックを駆使して出版社の時系列を歪《ゆが》ませていたので不参加である。可哀想《かわいそう》。

「それではプレイヤーの方々はこちらへ」

「お、おお。ここ、何だ?」

士道がぽかんとした感じで周囲を見回す。広大な空間に、球状の乗り物が四つ。もし、ここに二亜がいれば「ガーセーの超大型360度筐体《きょうたい》だコレ!」と興奮して倒れただろう。

「〈フラクシナス〉の空き倉庫を正当に無断拝借しました」

顕現したマリアがえへんと胸を張る。

「今、矛盾する台詞《せりふ》が出てきたような……」

七罪はそう言えばこのAIは基本的にやべーやつだった、と心を引き締める。新作VRゲームの誘惑に駆られた自分を罵ってやりたい。でもこれだけ大型の筐体を楽しめる機会は正直滅多にない。何故《なぜ》ならゲームセンターに行かなければならないからだ。

「これに入ればいいのか？」

十香の問い掛けにマリアが頷く。

「はい。筐体で違いはありませんから、どれでもご自由にどうぞ。中に入ると、説明用のムービーが流れますので、それに従って機器を装着してください。よろしいですか？」

「はーい」×4
かくして五河士道、夜刀神《やとがみ》十香、四糸乃、七罪の四人による精霊体験ＶＲゲームのテストプレイが開始されたのである。

◇

「これでよし、と……」

球状筐体の中は、椅子がなかった。どうやら立ったままプレイするらしい。体はショックアブソーバー付きの金属バーでがっちり固定されているが、床は士道が体重を乗せると少し沈み込んだ。

『次のように体を動かすことが、可能かどうかチェックしてください』

ラジオ体操のような動作を幾つかこなし、問題なく動くことがチェックされると、画面が次のステップへと移行した。

『体験する精霊を選んでください』

「お、ちゃんと全員分揃《そろ》ってるのか」

十香、四糸乃、狂三《くるみ》、琴里、八舞《やまい》姉妹、美九《みく》、折紙《おりがみ》、七罪、二亜、六喰《むくろ》。

士道と絆《きずな》を培《つちか》い、共に戦ってきた——あるいは逆に、戦った者たちがそこにいる。

「うーん……」

さて、誰を選べば良いものか。まず今回一緒に来た三人は選ばない方が良いだろう。同キャラ対決はちょっと興味深くもあるが。

士道は考えた末に狂三と美九も選択肢から外すことにした。この二人は極めてテクニカルなプレイが求められる。本人でない限り、力を十全に発揮できるかどうか難しい。

そういう意味で八舞姉妹も残念ながら難しいだろう。士道の体は一つなので。

二亜も選択肢から外すことにした。勝ち筋がない。まるで見えない。遠くの空で二亜が「ひどいよ少年ー!」とちょっとべそをかいている気がする。すまない、と士道は天に向かって謝罪。

さて、となると残りは琴里と折紙、六喰。六喰もまたテクニカルであるが、その力は極めて強力だ。加えて、最後に封印された精霊であるが故に、その能力を十全に理解している、とは少し言い難《がた》い状態だった。

「よし、とりあえず最初は六喰に――」

しよう、と空中に浮かんだ精霊の姿から六喰を選ぼうとした瞬間、自分が不意に死地に迷い込んだような感覚がした。

「精霊体験ＶＲ――」

それはつまり、精霊そのものになるということであり、精霊を横から眺める訳ではない。当然である。

いやだがしかし、そうなると。当然、精霊の姿になる訳で。

士道は軽く、ぽんぽんと自分の胸を叩《たた》いた。男性である五河士道の胸は、大胸筋が多少発達している以外は、ごくごく平板である。

六喰を見る。折紙を見る。

自分の胸を見る。

「よし、琴里にしよう！」

『五河琴里が選択されました』

危なかった。危機一髪というところだった。ありがとう琴里。バンザイ琴里。

『ところでどうして琴里をチョイスしたかお伺いしてもよろしいですか？』

「ははは。そりゃあマリア。琴里でないと胸が――」

『胸が？』

「胸が……湧き立たないからな……！」

危ない危ない。もう少しで激突事故だった。気を付けよう、暗い夜道と怒る琴里。

「どうしました司令？」

「何だか急に士道を渾身《こんしん》の力で締め上げたくなったわ……何故かしら……」

『それでは全員、準備完了です。レディー……ゴー！　あ、この場合のレディーとは貴婦人の意味合いも含ませたダブルミーニング的なアレです』

割とどうでもいいネタを披露しつつ、かくして精霊体験VRが開始された。


「うわ⁉」

気付けば、士道は荒野に佇《たたず》んでいた。そして心なしか、視線が低い。自分の手を見ると、片手には巨大な戦斧《せんぶ》が握られていた。

純白和装の袖には、火焔《かえん》が揺らめいている。微《かす》かな違和感に、頭を撫《な》でると角があった。

そして平坦《へいたん》な胸。

「ふぅ……。やはり琴里にして良かった」

これが六喰だったら絶対にヤバかった。この精霊体験VR、間違いなくマリアが全てを記録している。

そして恐らく、後で誰でも閲覧できるように設定しているだろう。

五河士道の視点も言葉も、全部。

『どうして良かったのですか？』

「それはまあ……………やっぱり火力が命だからな！」

火力大事。攻撃力大事。体格大事。

『なるほど。精霊としての琴里は、最早《もはや》人間砲台、人間アハトアハトと言っても過言ではないバカ力、失礼馬鹿力、失礼バ火力ですからね』

「今、何度も言い直す必要あった？」

士道のツッコミにも、マリアはそ知らぬ振りであった。

『──さて。それはともかくとして、視界の右隅にレーダーがありませんか？』

「えーと……あ、これか」

『これは本来の力ではありませんが、あくまで精霊体験ですので。そちらに表示されている赤い光点が他の精霊の位置になります』

「なるほどなるほど……げっ！」

一つの光点が、物凄《ものすご》い勢いで迫ってきていた。音速を超えた感じで真っ直《す》ぐ士道の下へとやってくる。迷いなく、躊躇《ちゅうちょ》もなし。

「戦《や》る気か……！」

ようやく視認できる距離に、光点が到達した。青白い光。ああ、と納得する。

何事にも屈せず、ただただ真っ直ぐ突き進む光のような少女。

たくさんの精霊《しょうじょ》を知っているが、こんなひたむきな行動を取るのは一人しかいない。

「……十香かー」

「ん？　シドーではないな、琴里か」

「いや違う違う。士道で合ってるよ」

「うん？　……ああ、なるほど。シドーは琴里になったのだな。うむ！」

「そうそう、そういう事」

「よし、それでは戦うとするか！」

カラリとした声で、十香は告げる。何と言うか、「一緒に遊ぼう」みたいなノリに、士道は苦笑する。

もちろん、士道もそのつもりである……が。

「あ、マリア。一応聞いておくけど、痛覚ってカットされてるよな？　いくら何でも」

『えっうん。…………もちろん大丈夫です。今カットしておきました』

「今って言ったな今⁉　精霊体験が陰惨なゲームになるところだったぞ！」

『とても大丈夫でーす！　タフすぎてそんはない、始まりまーす！』

「よし！　では琴里！　ではなくシドー？　いや琴里？　……シリ？」

「うん。なんかバーチャルアシスタントっぽいから、シドーでいいよ」

「うむ！　ならばシドー、いくぞー！」

イキイキとした表情で、十香が剣を振りかぶった。

「うお！　いきなりかよ！」

士道は慌てて戦斧を構え、迎え撃つ。

気合と咆哮《ほうこう》が交錯し、鋼の華が咲き乱れる。

「速っ……！」

十香の天使〈鏖殺公《サンダルフォン》〉は武器種としては剣であるが、厳密には玉座と背に収められた剣のワンセットである。

本気を出した場合の剣の破壊力は、とてもではないが受けきれるものではない。

……まあ、つまりは。まずはウォーミングアップということらしい。

「やっ、とっ、たっ！」

（うわ、普段と勝手が違うなあ！）

士道と琴里は身長二五センチの差がある。これだけの差があると、当然ながら手と足の長さも異なる。

つまり、非常にバランスが崩れる。

届く、と思った場所に届かない。防げる、と思った場所を防げない。

「くっ……！」

反射的に、士道は大きく跳躍。それを追って跳躍する十香。空中戦の開始である。

そしてすぐに、士道はそれが失策であると思わされた。

（ま、ますます両手両足の長さが違和感出てきたーっ！　くっそう、空中戦だからか！）

両足で地面をしっかり踏み締めるために、ある程度は違和感を誤魔化しきれたのに対して、両手両足で軽く宙空を蹴ることで飛んでいる状態の今は、どうにも誤魔化しきれない。

あと、それから、単純に。

（俺の妹、足が白！）

先ほどから動くたびにちらちらちらちらと、士道的に目の毒である。

剣戟《けんげき》は激しさを増す一方であるが、士道はかろうじて戦況を維持し続けていた。

「……？」

十香は攻めきれないことに疑問を抱きつつ、更に追い込もうとして気付く。

「おお、もしかしてシドー。慣れてきたのか？」

士道は琴里の顔のまま、ふっふっふと不敵な笑みを浮かべた。

「ああ、何となくコツを摑《つか》んできたぞ。まずは……こうだ！」

当初、士道は戦斧をしっかり握ってしっかり振ろうとしていた。しかし、これほどの長さ大きさとなると、両手でしっかり握ってしっかり振った時点でどうしてもあらゆる動作にぎこちなさが生じてしまう。

では、どうすればこの戦斧の長所を活《い》かせる攻撃になるのか。

しっかり握らず、しっかり振ろうとしなければいいのだ。必要なのは遠心力、そして戦斧の軌道を最大限にするための、身体動作。

戦斧を方向転換する際も、両手だけでやろうとはせず。体全体を動かし、回転させれば。

「おお⁉」

十香がびっくりした声を発した。横薙《な》ぎから間髪いれずの縦薙ぎ移行、それもダイナミックに体ごと回転しながらの連撃だった。

十香の右肩に直撃したそれで、かなりのダメージが計上される。十香が一撃一撃を着々と積んでいくタイプなら、琴里のそれは一発逆転が常にあり得るギャンブルめいた戦い方といえる。

「やるなシドー！」

「ああ、何しろ俺の妹だからな！」

ここで妹自慢に走るあたり、士道も大概の大概である。

「……おかしいわね。今度は士道を褒めたくなってきた」

「体調不良でしょうか？」

うーむ。マリアが何かしでかしているのだろうか、と琴里はコンソールを操作して、例の精霊体験ＶＲゲームとやらを確認することにした。

「えーとメンバーは十香、四糸乃、七罪、それから士道か。士道が選んだ精霊は……」

なるほど、と琴里は深く頷《うなず》く。頬をつねって、とりあえず緩まるのを抑制する。

褒めたくなるのも無理はない、と琴里は納得しようとして――。

「……ふぅ」

胸をぱんぱんと叩いて、安堵《あんど》したように息を零《こぼ》した士道（が中にいる琴里《じぶん》）を見て、先ほどの殺意を把握した。

「ふふふふ」

恨みはらさでおくべきか士道。

「どうしたシドー」

「いや……何か急に悪寒《おかん》が……。ま、まあいい。続けようぜ！」

「うむ。で、あればそろそろ切り札の出しどころだな！」

十香の傍《そば》に玉座が出現した。一瞬で砕け散ったそれが剣に纏《まと》わり付き、最早人類には扱えないレベルの、巨剣が出現した。

「ならこちらも……！」

精霊体験ＶＲの名は伊達《だて》ではなく、士道は考えただけでその動作を自動的にこなすことができた。

十香から距離を取り、右手を掲げる。戦斧から刃《やいば》が掻《か》き消え、腕に接合した巨砲と化す。

互いに、出鱈目《でたらめ》なサイズの武器を抱えて。互いに、必殺を狙う。

現実世界において、間違いなくあってはならない二つの天使の激突である。

「〈鏖殺公《サンダルフォン》〉――【最後の剣《ハルヴァンヘレヴ》】！」「〈灼爛殲鬼《カマエル》〉――【砲《メギド》】」

互いの必殺が結実し、炸裂《さくれつ》した。

目も眩《くら》むような光、業炎、闇、破壊。周囲一帯、構造物の存在全てを許さぬとばかりに雲散霧消した。

『現実世界においてなら、核を上回るエネルギーが発生しましたね。神様でも誕生するんじゃないでしょうかコレ』

マリアの呆《あき》れた呟《つぶや》き。

「おー、凄《すご》かったなシドー！」

「あー、うん。おまえと琴里が戦わなくて本当に良かったよ……本当に……」

「うん？ それはそうだろう。琴里はいい子だからな！」

「うんうん。十香もいい子だなー、本当いい子」

とりあえず十香の頭を撫《な》でることにした。琴里が十香の頭を撫でる様は、何ともほのぼのとした光景であった。

『動画サイトでプチバズるヤツですね』

マリアは台無しな発言をしていた。

◇

――さて、琴里と十香が楽しい健全人外バトルを繰り広げていた頃。

四糸乃と七罪は顔を寄せて話し合っていた。

「誰を選んだらいいでしょうか……」

「んー……普通に自分を選んでみない？」

こてん、と首を傾《かし》げて悩む四糸乃にひとまずの指針を与える。こういう時、奇をてらった選択肢は逆効果だと、七罪は学んでいる。

そして二人はだだっ広い荒野に降り立った。

「街とかじゃないんだ」

七罪の呟きにマリアが答える。

『はい。人間の建造物を破壊するのは、精霊の精神安定に不都合が生じる可能性があるので、こういう昔のアニメによくある荒野に設定しました』

「ふーん。リソースが足りないとかじゃないのか」

『ぎくり。もちろんそうですよ？　それはいわれなき中傷というものです。出るとこ出させていただきますよ』

「待って。そこまでまくし立てると逆に胡散臭《うさんくさ》い。というかぎくりって言ってる」

七罪はいつもの自分の体であることに安心して、ジャンプしたり腕を振ったりしてみた。

ふむ、特に変わりはないと自己診断。

「四糸乃は何か変わったとことか、ある？」

ぺたぺたと自分の体に触れていた四糸乃はふるふると首を横に振った。

「変わりないみたいです」

「まあ、天使は使えるだろうから……とりあえず使ってみよっか」

「そうですね。えーと……〈氷結傀儡《ザドキエル》〉？」

四糸乃が呟いた瞬間、何かが膨れ上がるような音がした。

「わ、わ、わわわ……！」

四糸乃の下から、もぞりと巨大なウサギが現れ出《い》でる。

鋼鉄の怪物ならぬ氷結の怪物。ＶＲ世界で寒さは感じないはずなのに、身も心も震えるほどの力が、そこにあった。

「ひえー……これが四糸乃の全力かぁ……」

普通の生物なら、その場にいるだけで凍えるか氷の礫《つぶて》でスリップダメージを受けて一分も保《も》たずに死ぬだろう。

かつて海外で伝えられた地獄の最下層は、極寒の地獄《コキュートス》であるようだが、あながちそれは間違いではないかもしれない、などと七罪は思った。

寒い、冷たい、凍《い》てつく。

それは、全てを燃やす存在でありながら生の象徴とも言える炎と真逆。

全てを速やかに滅ぼす、死の概念そのものだろう。

「さて、私もちょっとやってみるかー……」

そんなこんなで七罪は〈贋造魔女《ハニエル》〉で久しぶりに大人ver. 七罪に変身してみた。

「全力で……せ・え・の！」

くるくると箒《ほうき》を回転させ、近くの岩山を変換した。柔らかい綿が、こんもりと積み上がる。これこれ、これが私の全盛期というヤツ。

満足げに七罪は頷き、更に変換を開始した。


——そして五分後。


「大体飽きた」

「……そうですね……」

『早い、早すぎます』

「いやだって、冷静に考えたら今も昔も、力の差こそあれど似たようなことはやっている訳だし……」

七罪はぐでんとなる。その姿は既にいつもの子供ver.に早変わり。

『では折角ですし、別の精霊になってみてはいかがでしょう』

「別の精霊か……うーん、誰がいいんだろ」

「……ええと、私は……この人かな……」

「え、四糸乃ホント？」

「はい。もし、別の精霊になれるとしたらこの人がいいかなって」

「そ、そう。別に反対はしないけど……」

はにかむ四糸乃が可愛《かわい》い天使かエンゼルかいや精霊なんだけど、と七罪は思ったがそれはそれとして。

『……面白そうなので、ヨシ！』

「大丈夫？　バグらない？」

『……多分、ヨシ！』

安請け合いをするマリアに些《いささ》かの不安を感じつつも、それならそれで、と七罪も別精霊《キャラ》を選ぶことにした。

四糸乃の選んだ精霊を活かすためなら、どれがいいだろう……と沈思黙考して、七罪は決断した。

「よし、これね」

七罪の選んだ精霊に、四糸乃は驚きの声を漏らした。

◇

十香と士道（琴里）は、四糸乃と七罪に会うべく空を飛んでいた。

「よし、もうそろそろ遭遇するな。そう言えば、十香は二人に会ったのか？」

「む？　いや、最初にとりあえずシドーの位置を教えてもらったのでまっすぐ向かったから、会ってはいないぞ。まずシドーに会いたかったからな！」

「そ、そうか……」

士道は咳払《せきばら》いで照れくささを誤魔化した。

『まさに十香まっしぐらですね』

「ははは、今日のマリアはテンション高いな……って、ん？」

二つの光点（四糸乃と七罪）がこちらに向けて、急速移動を開始していた。

「おお、四糸乃とよしのんと七罪だな。向こうも戦ったのだろうか」

『お二人と比較すると、軽くじゃれた程度です。何しろこちらは核でしたので』

「精霊体験だからいいんだ、多分」

「士道」「士道さーん」

士道はおう、と手を上げてその声に応えようとして、ガッチリ硬直した。

「はい！」

「……えっと……四糸乃と……七罪……なのか……？」

さて、ここで二人が選んだ精霊について発表したい。まず七罪から。今の彼女の姿は、赤と黒の霊装《ドレス》、目には時計、そして手には二挺《にちょう》の古式銃。即《すなわ》ち。

「きしししし。時崎《ときさき》七罪、参上……なんちゃって……」

七罪は、時崎狂三になっていた。そのせいだろう、笑い方が若干引き攣《つ》っていたのは。

「あ、うん。七罪……なんだよな？　実は中身が狂三に入れ替わったとかないよな？」

「ないない。どれだけ怖いの……」

「それで、四糸乃が……四糸乃？」

『ふっふっふ。今のよしのんは荒ぶるよしのんなのだよ。士道くん』

そこにいるのは、十香であって十香ではない。

暗黒と暗闇の具現化。手には大剣〈暴虐公《ナヘマー》〉。即ち、反転した十香。

それが四糸乃がチョイスした精霊である。

「むぅ……真っ黒い私がいるぞ、シドー！　つまりあれは、私か！　いや私はここにいる

な！　ということは誰だおまえは！」

『よしのんだよー』

　ごは、と士道と七罪が悶《もだ》えた。反転した十香の手には、ちゃんとよしのんが被《かぶ》せられていた。シュールレアリスムの極点みたいな状況である。

「そうか、手のそれを見る限りやはり四糸乃か！　つまりシドーが琴里になっているように、四糸乃が私ということか！　……ええとつまり……」

「割と単純な話なのに、何だかややこしくなってきたわね!?　四糸乃はこっちの十香に変身したの！　私は狂三に変身したの！　タッグ組んでるの！　以上！」

「……うむ！　まだちょっと少し分からない気もするが、分かった！」

「ふぅ。やっぱりタッグ組んで正解だった。四糸乃を勝たせるために、頑張るからね私！」

「ふぁ、ふぁい！　がんばりましょう、七罪さん」

「神へ。天使はどこにいますか？　神は言った。『今〈フラクシナス〉におるで』と」

　七罪のテンションはガン上げであった。

　それを見ながら、なるほどと士道は納得してこちらの不利を悟る。

「七罪はサポーターか」

「もちろん。……もちろんでぇすぅわぁ？」

「そこまでぐにゃぐにゃした言い方してなかったぞ狂三！」

「いいじゃないの。どうせ偽者《にせもの》なんだし……だしすわ？」

もう滅茶苦茶《めちゃくちゃ》である。

「こほん。それはともかくとして、元々の私もサポータータイプじゃない？　だったら、直接バトるよりはこちらの方がいいかなって。そっちはどっちも脳筋だし」

「痛いところを突いてきたな……」

十香も士道（琴里）も、基本的には殴る斬るぶっ飛ばすビーム出す、でありそこに別の誰かをサポートする、という力はない。

一方、七罪の選んだ狂三は【四の弾《ダレット》】による回復、【八の弾《ヘット》】による陽動、【七の弾《ザイン》】によるデバフ、【一の弾《アレフ》】によるバフなど、あらゆる状況で生きるバフデバフヒールをこなす（しかも武器は遠距離型）超絶万能サポータータイプである。

正直に言うと、もし出会った頃の狂三に共犯者の精霊がいたら……そしてそれが、例えば琴里や十香のような火力で押し切るタイプだったとしたら。

今頃、士道は呑気《のんき》こいてVRゲーム遊べるような状況ではなかったかもしれない。

即ち。今がその、想定しうる限り最悪の状況であるとも言える。

「ふふふ。四糸乃、安心して。指先一つでも傷ついたら即回復するから……そうよ……神に傷は許されないのだし……」

七罪の目がぐるぐるしていて、ちょっとヤバい。あと天使から更に格上げされていた。

「……よし、とにかく十香！」

「うむ！」

「全力で四糸乃……じゃなくて、もう一人のおまえに斬りかかれ！　出し惜しみなし！

全力全開全速前進だ！」

「分かった！　凄《すご》く分かりやすいぞ、ありがとうだシドー！」

「おう。俺は——」

ちらりと時崎七罪を見る。琴里と狂三は一度戦ったことがあり、その時は琴里が火力で圧倒した。……が、今思い出してみると【七の弾《ザイン》】を使用された時など、危うい部分はそれなりにあった。

十香同士の激突がどうなるかも不安だが、狂三が反転十香のサポートに徹してしまえば、まず間違いなくこちらが敗北する。彼女がサポートに手間取っている内にＨＰを０にするのが、恐らく正しい攻略法だろう。

「が……がんばります……ね！」

「は、はい！　どうぞ十香さん！」

微笑《ほほえ》ましいやりとりではあるが、十香は即座に空中ダッシュで四糸乃に肉薄し、四糸乃はそれに応じるように、大剣を構える。

そして――激突！

二人の剣戟《けんげき》を横目にしつつ、士道と七罪もまた対峙《たいじ》した。

「行くぞ、七罪！」

「了解！　と見せかけて四糸乃に【一の弾《アレフ》】！」

「のわ!?」

初手から【一の弾《アレフ》】でバフ、しかも自分ではなく四糸乃にであった。

「わわわ!?」

が、四糸乃は突然の加速に驚いて、剣を取り落としかけた。

「……おい……」

「ぎゃあああああああああ！　ごめんごめんごめん！　四糸乃――――！」

七罪がこの世の終わりのような表情で叫んでいた。

「だ、大丈夫ですよー！　ありがとうございます！」

咄嗟《とっさ》に四糸乃がフォローしたことで、どうにか平静を取り戻せたが、士道はひとまず指摘するべきだと考えたことを指摘する。

「うん、七罪。……味方へのバフはちゃんと宣言してからやろうね……」

「ふふふ。今までサポーター型でオンラインゲームとかやったことなかったからね……。いや正確に言うと常にソロで誰かをサポートできなかったというか……」

「……よーし、戦おう！」

士道は誤魔化すように声を張り上げた。それにしても、自分が声を出しているのに何故《なぜ》か琴里の声に変換されるのは妙な気分である。

せっかくなのでお兄ちゃん大好き♡♡♡好き好きらぶちゅ♡♡♡、などと大空に向けて叫んでみたくはあったが、多分琴里に伝わって死ぬまで殺されかねないので止《や》めておく。

「あらやだ。士道を足でぐりぐり踏みにじりたくなったわ」

琴里は唐突に思い付いた。

「それは大体、いつもやっている事では？」

部下の一人が指摘する。

「そうだったわね」

「そうですよ」

――そういう訳で、戦闘開始である。

「え、え――――い！」

「迎え撃つぞ！」

四糸乃が斬りかかり、十香がそれに応じる。

「わ、わ、わ、すごい！」

あの十香と（それも精霊としての力を封印する前の）互角に斬り合っている、という時点で、四糸乃も何が何だかもう分からない。

ともあれ、物凄《ものすご》く楽しいことは確かだ。迫力のあるゲームをプレイしている感じ。

四糸乃の操作方法は、格闘ゲームでいうところのレバガチャプレイであるが、そもそも十香も反転十香も、基本は力押し必殺技即ぶっぱでオッケーの初心者向け精霊である。

適当に動いていたら何かこう剣からビームが出てくれるし、逆にちょっと体を動かすだけで、ビームを回避したり跳ね返してくれるし、至れり尽くせりというやつである。

そして、その一方。

「ぎゃあああ操作ややこしいいいいいい！」

「だろうな！」

七罪は苦戦を強いられていた。

「やることが……やることが多い……！」

トリックを仕掛けるために右往左往する犯人のような台詞《せりふ》と共に、七罪は銃を撃つ。

「……操作慣れるまで待とうか？」

「私もこれでトリックスターだから……！　少し待って。何とかなるから――！」

士道の提案も無理からぬことである。先ほどから、七罪はデバフを自分にかけ、バフを相手にかけ、果ては負傷した士道を【四の弾《ダレット》】で回復さえしてしまった。

時崎狂三は万能サポーターであるが。万能であるが故に、戦闘における選択肢が「接近して斬る」「回避する」「防ぐ」「ビーム撃つ」くらいしかない精霊と比較すると、合計で十二択くらいの選択肢がリアルタイムで押し寄せてくるのである。

もちろん七罪も力を封印されたとはいえ、精霊だ。だが、狂三の扱いづらさは最早《もはや》ピーキーなどというレベルではない。

暴れ馬の異名を持つスーパーカーを、赤ん坊に運転させるようなものだ。撃ちながらどの弾を撃つか決めるのでは判断が遅く、撃ちながら一〇秒先に何を撃つかを検討しなければならない。

七罪が苦戦している様を見て、士道も改めて時崎狂三が悪夢《ナイトメア》の称号を持つに至った理由を垣間見《かいまみ》て、感嘆する。

「準備できたみたいだから、今度はこっちから行くぞ！」

士道がそう言って、戦斧《せんぷ》を両手に襲いかかる。

「【一の弾《アレフ》】！」

今度は、きちんと自分に撃ち込めた。七罪は跳躍して士道の攻撃を回避。同時に、自身の跳躍の異常な速度に目を回す。

（あー……そうか。時間の加速である以上、ジャンプしても落下する時間すら高速化するんだ。何だソレ凄い）

落下する速度ですら加速・減速できるのだ。相手は迂闊《うかつ》にジャンプできないのに、狂三は加速すれば、ジャンプしたタイミングで攻撃を合わせられることもない。

「よいしょっと！」

「ってうわ!?」

などと考えていたせいか、士道の振り向きながらの斬撃に反応が遅れた。にもかかわらず、仰《の》け反って回避することに成功する。

「うわー……加速って卑怯《ひきょう》だー……」

七罪はそんなことを呟《つぶや》く。

「いやいや。七罪も充分反則技だったからな？」

彼女が持ち込んだゲームを思い出す。あれは本当に、勝ちがスレスレだった。

「ところで七罪、戦うの怖くないのか？」

士道の問いに、七罪が首をひねる。

「んー……これはVRだけどゲームだし？　私、ゲームと現実の区別はきっちりつける派。あと、他人の体だからなー……」

「うん、まあそれは分かる」

「痛みもないから、遠慮なくやれるしね。という訳で慣れてきたのではいドン！」

「のわっ⁉」

奇襲を仕掛けられた。ギリギリで士道は回避したが、その弾丸は士道の背後で戦っていた四糸乃に命中してしまう。

「ヨシ！」

が、七罪はここでガッツポーズ。四糸乃はその弾丸を受けて、キリリと十香に向き直ると、「やー！」と可愛《かわい》らしい掛け声を上げて、十香を押し込んでいく。

「う、速くなった⁉」

「七罪さん、ありがとうございまーす！」

「うわ、【一の弾《アレフ》】か今の……！」

「これくらいの距離なら、回避してくれるだろうなーと思って」

ニヤリ、と七罪は笑う。ピーキー加減にも慣れてきたらしい。元より、七罪も搦《から》め手を得意とする側。裏を取る思考に向いているのだろう。

「こっからは、コンビで勝負だしね。……ですわよ？」

「いやもう普通の口調でいいんじゃないかな」

ここに至り、一対一×２から二対二、コンビプレイでの勝負へと移行する。

◇

「四糸乃、交代！」

「は、はい！　下がります！」

「むむ、何と⁉」

「十香、七罪を頼む！　四糸乃はこちらで引き受ける！」

一瞬で、互いの対戦相手が交代。七罪は無造作に二挺《にちょう》の銃をスタイリッシュに撃ちまくる。やっほうハッピートリガー、などと脳内で思う。

「こういうのはアレだ。えーと、しゃらくさい！……だな、シドー？」

「……大丈夫合ってるぞ十香！」

だがしかし。十香の言葉通り、七罪の猛攻は十香の霊装《ドレス》が盤石に防いだ。銃弾を回避することなく、十香は剣を振り上げ――。

「【七の弾《ザイン》】！」

「……！」

十香に時間停止の弾丸が直撃した。

「十香、待ってろ！」

聞こえないことを承知の上で、士道はそう叫んで彼女の下へと向かおうとする。

「さ、させませーん！」

そこを、当然のように回り込んだ四糸乃が防ぐ。士道はどうするべきか、と悩んで咄嗟に打開策を思い付いた。

「よいしょっと！」

士道は戦斧を振りかぶり、勢いよく叩《たた》き下ろした。四糸乃は少し驚いたものの、当然のように剣を掲げてそれを受け止める。

「悪いな、四糸乃！」

「ふえ？　わわわ⁉」

受け止めた戦斧を刀身に引っ掛けると同時に跳躍。必然、戦斧の刃《やいば》が軸となって士道は斬撃を防ぎつつ四糸乃を飛び越えることになる。その回転で得た力を殺さず、更にもう一回転を加えて、士道は戦斧をブン投げた。

「ひえ⁉」

高速回転して迫り来る超巨大な戦斧、という状況に七罪はパニックになった。選択肢は二つ。回避か、迎撃か。

「七《ザ》……【七の弾《ザイン》】！」

七罪は迎撃を選んだ。ピタリと止まる士道の戦斧。と同時に知覚する猛烈な減少感。

「しま……時間……！」

十香が動き出す。時間を止められていたために、一瞬で七罪が動いたことに微《かす》かな違和感を抱いたものの、彼女の戦士としての直感がそれを無視するべきだと囁《ささや》いた。

「そこだ！」

「くっ……！」

ダメージを負いつつも、七罪は間合いを取った。追いかけてくる十香を尻目に、七罪は今の一連の流れを考え、脳内で反省会を開く。

七罪の行動《アクション》でマズかった点が幾つかある。

・戦斧を止めるのに【七の弾《ザイン》】を使用した
・『時間』という狂三の独自エネルギーの勘定を入れていなかった
・十香を抑えたことに安心して、士道の行動に気を配っていなかった

まず戦斧を回避するべきだったかもしれない。いや、あのコースあの気付いた時間を考慮すると、恐らく間に合わなかった。

だがあれは【七の弾《ザイン》】ではなく、【二の弾《ベート》】を使うべきだった。

恐らく、【二の弾《ベート》】ならば十香の攻撃への対応も余裕でこなせたはずだ。

だが【七の弾《ザイン》】を使用したことで、七罪が所有する『時間』がごそりと減った。

パニックに陥ったのは、むしろそれが主因かもしれない。

時崎狂三の能力には使用回数の制限がある。よく見ると、七罪のときとは異なり狂三のパラメータには『時間』という項目があった。しばらく放置しているだけでどんどんと増えるが、【七の弾《ザイン》】を使ったときにはごっそりと削られた。

ＭＰというよりは、ゲームでいうところのスタミナ項目のような気がする。全力でダッ

シュするとたちまち息切れするが、立ち止まるとすぐに回復するような。

『ちなみにゲームバランスの調整で時崎狂三は本来のものより、時間の消費が激しいです』

「うん」

精霊体験VRではなく精霊体験格闘VRゲームになっているが、七罪はひとまず気にしないことにした。

ともあれ反省会は終了。

ならば次は、反撃に打って出る。出たい――のだが。選択肢がずらりと並ぶ。

どの選択肢を選べば、どの弾を撃てば正解なのか。迎撃と逃走、だがいずれにせよまずは彼女の突撃を防がなければ。

…………いや、違う！

「【一の弾《アレフ》】！」

今、必要なのは彼女への援護《サポート》だ！　だがしかし、この弾丸は四糸乃のためのものではない。七罪が撃ち込んだのは、先ほど【七の弾《ザイン》】で停止させた戦斧へ向けてだった。

「しまっ……！」

宙空で固定された戦斧の柄へ手を伸ばしていた士道は、愕然《がくぜん》とした。停止していた戦斧を握ろうとした直前、高速の回転を見せた戦斧は明後日《あさって》の方向へと飛んでしまった。

「四糸乃、こっちへ！」

「……は、はい！」

七罪の声に、四糸乃はすぐに飛んできた。現状、戦斧を失った士道（こと五河琴里）は敵ではない。

ならば、人間要塞たる十香を二人で撃ち落とす。それが現状の最善手だ。

四糸乃も士道が武器を失ったことで、復帰に時間が掛かることは理解している。ちょっと卑怯な気がしないでもないが、それならそもそも十香と琴里のコンビという方が卑怯という気もするので、四糸乃は前向きに考えることにした。

「十香！」

「う、うむ、どうしたシドー！」

「すまん、少しでいい。保《も》たせてくれ！」

「……ああ、いいとも！　よし、やるぞ！」

士道の言葉に、十香が目に見えてやる気を出した。

「うらやまし……」「羨ましいなあ」

七罪と四糸乃は同時にそんな不満を漏らした。よし、とりあえず十香を倒そう。二人とも別に十香に恨みがある訳ではないしむしろ好きか嫌いかで言えばかなり好きの部類に入る友人なのだがそれはそれとして！

◇

士道は全力でカッ飛んでいた。だが、時間加速で高速回転する戦斧《せんぷ》はちょっとやそっとでは追いつけないレベルの速度で回っている。時間が経《た》てば経つほど戻りが遅くなり、必然的に十香が一人で戦う時間が長くなる。

十香が防戦に徹したとしても、相手は反転十香と時崎狂三なのだ。単純な戦力で二倍。四糸乃《よしの》七罪《なつみ》は狂三の能力をだいぶ把握しているので、それが高まれば更に戦力は増強される。

そうなれば、十香に打つ手はないし十香が撃破されれば必然士道もほぼ敗北だ。あの二人を相手にできるほど、士道は天才ではない。戦争とは数と質。質が同等ならば数で負けている方が負けるものだ。

だが、追いつかない。

もちろん、順当に行けば投擲《とうてき》された戦斧は次第に速度を弱めて落下する。だが、一秒遅れるごとにこちらの致命傷になる可能性が刻一刻と増していくのだ。

どうすればいい？　手持ちの札《カード》は正直に言ってかなり乏しい。士道はとにかく追いかけることに専念しようとして……。

「いや待て」

この状況で一つだけできそうな技がある。目を凝らしてタイミングを計った。そして、それが訪れた瞬間、

「【砲《メギド》】、出力一〇パーセントver.！」

そう叫んで、士道は琴里の扱う天使、〈灼爛殲鬼《カマエル》〉の遠隔操作を行ったのだ。戦斧は再び大砲としての機能を取り戻し、業炎を撒《ま》き散らす。だが、その行き先は士道の方角だ。

『現実において絶対に使っちゃいけない技ですねそれ』

「緊急事態だからな！」

つまりは、バックファイア。逆噴射の要領で、士道は〈灼爛殲鬼《カマエル》〉を手元に引き寄せたのである。

それだけでなく、士道は〈灼爛殲鬼《カマエル》〉を摑《つか》んでも噴射を止めようとはしなかった。マッハでカッ飛ぶミサイルのような勢いで五河士道は再び戦場へと舞い戻る。

◇

当然ではあるが、十香は防戦一方だった。ＨＰは見る見る内に数を減らし、霊装《ドレス》の耐久

もいつまで保つか定《さだ》かではない。あらゆる物理攻撃を遮断する十香の〈神威霊装・十番《アドナイ・メレク》〉ではあるが、四糸乃と七罪の波状攻撃ではさすがに損傷を免《まぬが》れなかった。

「もう一押し……！」

七罪は焦燥を必死に堪《こら》えて、四糸乃に呼びかけた。

有利である。有利ではあるが、有利でしかない。七罪の見立てでは、士道が戦線復帰するには相当の時間が掛かる。加速した戦斧を摑んで戻ってくるには、最低でも五分の時間が必要だろう。

五分以内に決着をつける。四糸乃を【一の弾《アレフ》】で加速させる一方で、十香には【二の弾《ベート》】を撃って鈍化させる。更には変化球であるが、【九の弾《テット》】を使って一〇秒後の十香に囁いてみたりもした。

「こっちだよ、十香」

「七罪、後ろか!?　……あれ？」

突然耳元で囁かれた、と思った十香が振り向いた瞬間を、四糸乃が逃さず一撃。十香のHPゲージが更に減少。霊装《ドレス》の耐久力もほぼゼロに等しい。そして、ここまでで三分。まだ二分の余裕がある。

切り札である【八の弾《ヘット》】を使用するまでもなく、これならば勝てそうだ。

「よーし、勝てるよ四糸乃！」

「うん！」

「く、くぅ……負けるものかー！」

とはいえ、十香の負けず嫌いも相当なもの。懸命に足を動かし、手を動かし、剣を振り上げて、士道の言葉を愚直に守っている。

一秒でも時間を稼ぐ。そうすれば、必ず士道が助けに来る。

「やっぱり羨ましいなおりゃー！」

「はいとっても羨ましいですそりゃー！」

もちろん七罪と四糸乃もそれが分かっているため、むしろ押しまくるのである。古来、嫉妬は最高の攻撃力と言う。


だが、しかし。


「よし、頑張ったな十香！」

七罪の概算した五分を二分短縮して、五河士道は戦線に舞い戻った。

「って、えええええええ⁉　なんで――⁉　ありえない！　いくら何でも早すぎるでしょう!?」

「〈灼爛殲鬼《カマエル》〉の【砲《メギド》】を逆方向に使って、カッ飛んできた」

「うわあ、頭おかしい」「ひやあ……」

七罪の感想は率直だった。というかドン引きだった。さすがに四糸乃も引き攣《つ》っている。どこをどうしたら、そんな手段を思い付くのか。

『なお、現実でこういう使い方をすると、行って戻ってくるまでの道のりが丸ごと焼け野原になるので、使用は推奨できません。というか絶対無理』

「だろうね！」

ともあれ、攻勢は逆転。七罪と四糸乃は十香を倒すことに全力を傾けていたせいで、守勢に回るとそれまでの反動が押し寄せてきた。

十香は士道の背後に回って回復を待った上で、改めて参戦。その間、士道が時間を稼ぎつつ、〈灼爛殲鬼《カマエル》〉を振るって四糸乃と七罪を釘付《くぎづ》けにした。

七罪は遅まきながら【八の弾《ヘット》】を投入したが、生まれた時崎狂三は独自の思考で動くBOTであり（ソフトの限界）、大した戦力にならなかった。

……後になって、敗因を七罪が語った。

七罪曰《いわ》く。

「というかさー。私、時崎狂三の力を使ったんだけど彼女の力を一番知っているのが、狂三以外だと士道なんだよね。うん、情報戦で敗北した。対抗策山ほど考えてたみたいだし」

まず、【二の弾《ベート》】や【七の弾《ザイン》】のような行動阻害に対しては、撃つ前の気配で察して距離を取る。【一の弾《アレフ》】の場合は逆に踏み込んで、速度が重要視されないよう、力押しで攻め立てる。

士道曰く。

「え、情報？　そりゃ重要だからな、頑張って覚えたよ。精霊の力は凄《すご》い、人智《じんち》を超えるもの。でも、力を使うのは人間的な思考の持ち主なんだから。それに狂三とは何度も話したからな。こうしたらどうなのか、くらいはちゃんと考えてた。俺だけじゃなくて、一度戦った琴里もだけど」

「あうー……」

「ギニャー、負けた！」

四糸乃が操作していた反転十香がまず倒れ、すぐに七罪が操作していた時崎狂三も士道が駄目押しで撃った【砲《メギド》】で儚《はかな》く散ったところで勝負ありとなった。

『コングラッチュレーション。士道・十香組の勝利でーす』

「うむ、やったなシドー！」

「よく頑張ったな、十香！」

きゃっきゃうふふと喜び合う二人と対照的に、羨ましいと指を咥《くわ》える二人。

『皆さんのテストプレイのお陰で、この体験ソフトも更なるアップグレードが見込めると思います。ありがとうございました』

マリアの言葉でゲームは締めくくられ、士道はしょんぼりする七罪と四糸乃を慰めるために、夕食に「何でも好きなもの」を作る約束を課せられるのだった。

「あ、そうそう。マリア」

『はい？　何でしょうか、士道』

「いや、実はちょっと気になったんだけど……」

——後日。

『士道の指摘通り、時崎狂三の【八の弾《ヘット》】で多数の分身体を生み出し、そこから精霊選択画面に戻ることで他の精霊を無限増殖するバグ技が見つかりましたので、全面的に禁止します』

『ちなみにそこから踏み込んで、精霊を全員美九に選択し直した後、〈破軍歌姫《ガブリエル》〉で【輪舞曲《ロンド》】を一斉発動させると、ソフトどころか〈フラクシナス〉の運用プログラムにまで損傷を与えかねないバグも合わせて発見されました』

『以降、私はこのバグを【絶対悪夢・無限美九ぶっぱロンド世界アポカリプスバグ】と呼称し、修正までしばらく美九によるプレイは禁止とさせていただきます。あしからずご了承ください』

「すみません、そのバグの名前はあんまりではー⁉」

誘宵《いざよい》美九が抗議したが、聞き入れられなかった。なお、彼女は精霊無限増殖バグを悪用して、右にも左にも上にも前にも後ろにもかわいいかわいい精霊たち！　大ハーレム！　しあわせ！　デリシャス！　を思いきりやらかして一ヶ月の出禁を喰《く》らった。

どんな人でも精霊を体験できるVRゲーム、どうか皆様も遊んでみませんか？

プレイ条件はとっても簡単！
・精霊である
・五河士道である
このどちらかを満たせばオッケーだよ、以上！

DATE A LIVE ANOTHER ROUTE

TruerouteMUKURO

Author: Fujino Omori

六喰トゥルールート

大森藤ノ

空は黒かった。

夜だ。

うっすらと、涸《か》れきった涙のような星の光が見える。月は見えない。

そして鏡のように、陸《おか》も黒かった。

海でさえも、黒かった。

地平線と水平線の意味が消え、境界を失った世界は酷《ひど》く曖昧だ。

詰まるところ、世界は『たった二人の少女と少年』を残し、死に絶えていた。

「主様……あーん、なのじゃ」

誰もいない大地で、少女は微笑《ほほえ》んだ。

細い指で持った乾パンを、膝枕に寝かした少年の口もとに差し出す。

少年から反応はなかった。

外傷はない。だが瞳は生きるのをやめていた。眼差《まなざ》しは虚空《こくう》だけを見上げ、薄く開かれた口は言葉を発さない。だから少女は乾パンを自分の唇に含み、よく噛《か》んで、口移しで食べさせてあげた。

二人を見守る者など誰一人としていない周囲、崩れた廃墟《はいきょ》には遮るものがない。

茫漠《ぼうばく》としたコンクリートと鉄筋の砂漠がただただ広がっている。

天宮市《てんぐう》。かつての都《みやこ》の名前。

今は少年と少女しかいない、ただの更地。

「主様、何か欲しいものはあるか？」

「……」

「食べたいものは？　飲みたいものは？」

「……」

「ゲームはどうじゃ？　むくは下手くそじゃが、主様のために練習するぞ？」

「……」

少女は六喰《むくろ》、少年は士道《しどう》。そう呼ばれていた。

この世界を『二人だけの世界』にしたのは、六喰だった。

全てはボタンの掛け違いだった。絶望、孤独、渇望《かつぼう》、家族。沢山のものが積み重なり、いいいいいいいいいいいいい、かけがえのない家族を欲《ほっ》し、愛を求め、そして怪物になったのだ。

六喰は壊れ、暴走した。かけがえのない家族を欲し、愛を求め、そして怪物になったのだ。

あまねく全てを滅ぼし、他の精霊達でさえ葬った。

血まみれの戦争《デート》で、精霊達は敗北し、少女はただ一人の勝者となった。

正史と呼ばれるものがあるなら、この世界はどの世界にも当てはまらない道筋を辿《たど》り、その先で六喰は大きく逸脱したのだ。

『これは違う』

辿り着いた結末に、女神にも等しい零《ゼロ》の存在は誰にも届かない声で呟《つぶや》き、どこかへ去ってしまった。

こうして、六喰と士道だけの世界はできあがった。

「してほしいことはないか？　むくは主様のためなら、何だってするのじゃ」

霊装はかつてあった激しい戦いを物語るように、ところどころ破れては朽ち果てている。

その姿はまるで魔王の残骸のようだった。あるいは、獣《ビースト》のようにも。

「むくは何でもするのじゃ。本当に、何でもする。……だから」

二人だけの世界は、六喰にとっての楽園だった。

幸福そのものだった。

「だから…………主様、むくを呼んでくれ」

その筈《はず》だった。

「むくを、見てくれ……！」

しかし六喰は眦《まなじり》を歪《ゆが》め、涙を流した。

だって、士道は笑わない。

六喰と呼んでくれない。あの頃のように優しく、頭を撫《な》でてくれない。

こうして植物のように成り果て、その命も尽きようとしている。

既に時がどれほど経《た》ったのかもわからない。ただ、六喰が自分の行いが過《あやま》ちだったと気付くには十分な時間だった。

六喰の独りよがりの愛は、士道を幸せにしなかった。

六喰と士道は、アダムとイヴにはなれなかったのだ。

「むくはっ……むくは……！」

押し寄せるのは果てしない後悔で、罪悪感なんて言葉は生温《なまぬる》い。自分が葬《ほうむ》った精霊達の声が、怒りが、悲しみが、六喰を地獄の果てまで苛《さいな》める。

少女を慰める者はいない。涙を流す六喰を囲むのは、物言わない瓦礫《がれき》の墓標のみだ。

「むくは、間違っていた……！　すべて、なにもかも……！」

六喰の嗚咽《おえつ》だけが響いていく。

士道とずっと一緒にいたかった。ただ、それだけだった。

それがこの結末を招いた。惨《みじ》めな後悔は嘲笑も失望も生まず、取り返しようのない現実を冷然と突きつけるだけだった。

黒く濁っていた瞳が涙に洗われ、無垢《むく》な光を取り戻す。

過ちにようやく気が付いた六喰は己を呪い、誰もいない世界に謝り続けた。

「…………もし」

震える声を落とし、震える腕で少年を抱きしめる。

「もし……間違いを正すことができたなら……むくは……主様を……みんなを……」

そんな愚かな『もし』を呟き、六喰が救いのない永遠の地獄に堕《お》ちようとした瞬間。

涙を頬で受け止めた士道の手が、ぴくり、と動いた。

「……ザフ……キ……エ……ル……」

少年の手に、一丁の『短銃』が顕現する。

「ぬし、さま……？」

黒塗りのそれはただの銃ではない。六喰もよく知っている精霊の武装、〈天使〉。

〈ナイトメア〉時崎狂三《ときさきくるみ》の〈刻々帝《ザフキエル》〉だ。

涙が溜《た》まる瞳を見張った六喰は、悟った。

士道が六喰を裁こうとしてくれている。

世界を滅ぼした自分を断罪し、殺そうとしてくれている。

己に向ける銃口に、六喰は微笑んだ。

微笑んで、全てを受け入れた。

「すまぬ、主様……すまぬ、みな……」

六喰は頬に滴を伝わせ、目を瞑《つぶ》り、その時を待った。

だから、六喰は気付かなかった。

死にかけていた少年の瞳に僅かに過ぎずとも光が蘇《よみがえ》り、この世界でただ一人、罪深き精霊を救おうとしていることを。

「……………ユッ、ド………ベー、ト…………」

収束される膨大な霊力、装塡される少年の想《おも》い。

引鉄《ひきがね》が引かれた瞬間、重なり合う銃声が木霊《こだま》し、六喰の意識は白く染まった。

◇

蟬《せみ》が鳴いていた。

「…………えっ？」

突き刺すような日差しが、アスファルトを焼き、揺らめく陽炎《かげろう》を生んでいる。

道のど真ん中にたたずんでいた六喰は、呆然《ぼうぜん》とした。

意識が暗闇から引き上げられた瞬間、立っていた場所は荒廃した大地などではなく、舗装された道路と家々が連なる、閑静な住宅街だったのだ。

そう。六喰が全てを壊す前の、平和な町並み。

かつての記憶にある『天宮市』そのものだった。

「……………な、なにが…………？」

まず六喰は視覚を疑った。次に聴覚に戸惑い、嗅覚に驚いた。

瞳に映る落葉樹の優しい緑。遠くから響くのは子供達が戯《たわむ》れる声。ほのかに漂ってくるのは、芳《かぐわ》しいとは言い難《がた》い排気ガスの臭い。全て、あの二人きりの世界から失われて久しいものだった。

これは夢か、あるいは幻か。

己の正気さえ疑い始める六喰は、その場に立ちつくしながら、徐々に思考の歯車を回し始める。掘り起こすのは今の状況に至るまでの記憶だった。

自分は、あの壊れ果てた世界で。

愛する少年に罰され、銃口を向けられた筈では――。

「――っっ‼」

そう思い立った瞬間、小さな体に電流が走り抜ける。

次には、六喰は脇目も振らず走り出していた。

もし、あれが。

まさか、あれが、六喰を裁く銃弾ではなく『贖罪《しょくざい》の慈悲』だったとしたら。

数々の精霊を封印した少年が起動させた、時を操る権能だったとしたら。

「はぁ、はぁ、はぁっ――‼」

乱れる息を無視しながら、六喰は必死に走った。

車に自転車、青空と信号機、バス停に制服、公園と猫、そしてすれ違う沢山の人々。景色が変わる度に何度も視線を左右に巡らし、すぐにまた駆け出す。

〈天使〉のことなど忘れていた。空を飛ぶことも思考から抜け落ちていた。

ただ走って、走って、走って、たった一人の人物を探した。

何の当てもなく、見つかりっこない広い町の中で、無我夢中となって。

だから。

『彼』を見つけた時、六喰は運命を信じた。

「ふぁ～……眠っ……」

少年は歩きながら、呑気《のんき》にあくびをしていた。

六喰がよく知っている来禅《らいぜん》高校の制服姿で、よく覚えている眼差しと声音で、そこに生きていた。

「あ……ああ……っ」

震える吐息と一緒に、声が嗚咽を帯びていく。

六喰の瞳から、滴が滲《にじ》んだ。

「ん……？　えっ……コ、コスプレ？」

自分を見詰め、涙ぐむ六喰に気付き、少年が全く見当違いなことを口走る。

でも、そんなことはどうでもよかった。

六喰は胸から溢《あふ》れ出る衝動の言いなりとなり、目の前の少年に——五河《いつか》士道に抱きついていた。

「主様！」

「どわぁあああああああああ!?」

少年の首に両腕を回し、かじりつくように顔を埋《うず》める。

その香りが、鼓動が、温《ぬく》もりが、六喰の全てを満たした。

士道が生きているという事実が、六喰と彼から隙間という隙間を奪う。

六喰は、声を上げて泣いた。

「え、ちょっ……はぁぁぁぁぁ!?」

一方で、士道少年は混乱の極致にあった。

美少女が泣いたかと思えば抱きつかれ、あまつさえ豊満な双子山が何度も可変しては押し付けられているのだ。現時点では異性との騒動《ハプニング》と無縁の少年は顔を真っ赤にして、冷静な判断などできない状況にあった。

「ぬしさまっ……ぬしさまぁ……！」

何度もえずき、愛《いと》しい少年を呼びながら、六喰ははっきりと理解した。

ここは『過去』。

時崎狂三の天使〈刻々帝《ザフキエル》〉の権能、【一二の弾《ユッド・ベート》】によって時間遡行《そこう》したのだ。

果たして絶望の未来を変えるために。

今、ここにいる士道を『過去の士道』と呼ぶのなら、『未来の士道』が六喰に『やり直し』の機会をくれたのだ。

（主様っ……すまぬっ……ありがとう……！）

いくらやり直したところで六喰の罪は消えない。これは傲慢で都合のいい自己満足に違いない。

そうだとしても、今度は間違わない。

士道とそれにまつわる全てを幸せにしよう。

自分が犠牲になってでも。

星宮《ほしみや》六喰はその日、絶対の誓いを己に刻んだ。

◇

「な、泣き止《や》んだか？　それならよかったけど……えっと、俺たち、初対面だよな？　何でいきなり泣いて、抱きついてきたりなんか……は？　嫌だったのか？　い、いやっ、嫌だったわけじゃないけどっ、むしろ柔らかかったしありがとうございますって感じで多幸感に包まれたというか、だからそんな捨てられた子犬みたいな顔をしないでくれ……‼

……えっ、今日の日付？　年号も？　二〇××年の七月六日だけど……って、おい！　どこ行くんだ⁉　ちょっと説明をっ……おーいっ⁉」

ようやく涙が収まった六喰がしたことは、情報収集もほどほどに、愛する少年の前からぴゅーん！　と逃げ出すことだった。

正気を取り戻してしまえば猛烈に恥ずかしかったし、まだ情緒が安定していない今の状態で士道といれば、感情が暴走して何をしでかすか、わかったものではなかった。

「今は七月六日……！　主様が高校一年次！　むくの記憶が確かなら、まだ、十香《とおか》と出会う前……！」

精霊の中でも士道と出会う順番が遅かった六喰は、十香達が語る思い出話をよく聞いていた。その情報をもとに、士道が〈ラタトスク〉に加入する前だと見当をつける。

「むくがやることは、主様を守り、今度こそ幸せになってもらうこと！　星宮六喰が愚かな過《あやま》ちを犯さず、他の精霊達も、世界も救うことじゃ！」

目下にして最大の目標を声に出し、六喰はようやく走り続けていた足を止めた。

呼吸を落ち着けながら、ブティックの大窓《ショーウィンドウ》に手をつき、うっすらと映る自分自身を見据える。士道の【一二の弾《ユッド・ベート》】の効果がどれだけ続くかはわからない。だが――長い時間この過去《いま》にとどまることができる。

六喰は心の底の囁《ささや》きに促されるように、不思議と直感していた。

（主様は、これから精霊達との戦争《デート》に巻き込まれる……それを助け、かつ精霊達も救うためには……）

士道にも精霊達にも贖罪することを誓う六喰は思考を巡らした。

幸い、時を逆行した六喰には『未来の知識』というアドバンテージがある。

これから何が起こるかわかるということは絶対的な武器だ。

二亜《にあ》が知っていそうなバタフライ効果《エフェクト》とか遡行矛盾《タイムパラドックス》など、六喰には難しいことはよくわからない。だが、少なくとも過去を変えることを恐れては、何も叶《かな》えることはできない。

それは確信している。ためらわず、大胆に動くべきなのだ。

（ならば今、むくがとるべき道は――）

「ほえ？　おねーさん、誰？」

白いリボンで二つに括《くく》られた長い髪に、どんぐりみたいな円な瞳《つぶら》。

士道と同じく、未来では何度も顔を合わせた少女に、六喰は二度目の『初めまして』を済ませた。

「町中でいきなり声をかけられて、ナンパかと思ったらちょー美少女だし！　っていうかでっか！　何がとは言わないけどデッカ!?　やめろっ、私の隣に立つなぁー!!」

「五河琴里《ことり》」

胸部が盛り上がるブラウス（以前着た琴里の服を霊力で再現したもの）を前に、少女が我を失う中、六喰は彼女の名を呼んだ。

そして、

「むくは精霊じゃ」

前触れもなく、情緒もへったくれもなく、単刀直入に告白した。

「……なに言ってるの、おねーさん？　いきなりそんな変なこと言って。もしかして、うちのおにーちゃんと同じ厨二《ちゅうに》の心を持ったイタイ人じゃあ──」

「そして、うぬもむくと同じじゃ。のぅ、同族」

「…………………」

無邪気な少女を装《よそお》った仮面が、相貌から抜け落ちる。

六喰がとどめに巨大な鍵型の錫杖《しゃくじょう》〈封解主《ミカエル》〉を現出させると、五河琴里は口を閉ざし、うつむいて、髪を括っていた白いリボンを解いた。

「──なぜ精霊が感知もされず現界し、あまつさえ名乗り出たのか。何より、どうして私の正体を知っているのか……色々聞きたいことはあるけど」

代わりに黒いリボンを結ぶ。

顔を上げた時、そこにいるのはただの少女ではなく、一人の『女王』だった。

「あなた、何者?」

『司令官モード』となった琴里の眼光は、年不相応なまでに鋭い。

この彼女と接するのも、随分と久しい気がする。

場違いの笑みをこぼしそうになった六喰は、顔を引き締めつつ、臆せずに言い返す。

「言ったじゃろう、精霊じゃと。むくの名は星宮六喰、うぬの前に現れた目的は唯一《ただひと》つじゃ。むくを、うぬらの一味に加えてほしい」

六喰が取った行動。それは〈ラタトスク機関〉に接触することだった。

ひいては機関の一員となり、士道と精霊達の戦争《デート》を手助けすることである。

もはや今の六喰に遠慮はなかった。二亜がゲームをしながら口にしていた効率厨《ちゅう》、あるいはＴＡＳさん（意味はよくわかっていない）になる所存であった。

そう、今のむくは『効率厨のＴＡＳ六喰ちゃん』である――‼

「なんですって？」

と面食《めんく》らうのは琴里の方だ。突拍子もない申し出をされた上に、自身が所属する秘密組織にも言及され、警戒レベルがはね上がってしまっている。

六喰は己に害意がないことを訴えるため、〈天使〉を地面に放り投げた。

そして信用と信頼を勝ち得るため――キリッと告げた。

「実は――うぬの兄君《あにぎみ》に一目惚《ひとめぼ》れしたのじゃ！」

「はぁ？」

ずっと六喰のターン！

「五河士道……力強くもお優しい兄君の力になりたい……！」

「へ？」

「あれは半年前のこと。むくが宙《そら》を漂っていると、理想の主様が瞳に飛び込んできて！」

「ちょ、ちょっと？」

「ちなみに琴里に辿《たど》り着いたのは、兄君のおはようからおやすみまで四六時中監視していたからじゃ。五河邸、いい住まいじゃな。むくも一緒に住んで兄君とバキュンブキュンしたいのじゃ」

「言いたいことは山程あるけど、殺されたいの!? 変態ストーカー‼ 妹の前で堂々と兄に欲情してんじゃないわよ！」

嘘《うそ》と多少の本当を織り交ぜて、六喰は交渉を進めた。

「何で既に精霊を攻略してるのよっ」「あの天然ジゴロ兄……！」などブツブツ呟《つぶや》く琴里はこめかみを手で押さえ、頭痛を隠さなかった。

間もなく携帯を操作したかと思うと、そのままファミレスへと連れていかれる。

店員は全て〈ラタトスク〉のスタッフ。令音《れいね》もいる。こちらを警戒しているのだろう。

『天宮の休日』ならぬ『波乱』といったところか。

「……腰も落ち着けたし、詳しい話を聞かせてもらうわよ」

テーブルの対面に座る琴里に、六喰は用意しておいた作り話を語った。

謎の不可視迷彩の反応、天宮市の上空に浮かぶ巨大空中艦、それに出入りする琴里を怪《け》訝《げん》に思い、周辺を調べまくったこと。荒唐無稽な話も『未来の情報』によって現実味《リアリティ》が与えられる。話が進むにつれ、琴里はますます頭を痛めていったようだった。

「秘密機関《ラタトスク》の情報をそう簡単にすっぱ抜けるわけないでしょう！」

なんて堪《たま》らず大声を上げられて指摘されれば、

「むくは虚空《こくう》に『扉』を開けられる故《ゆえ》、どこでも出入り自由なのじゃ。ほれほれ」

【開《ラータイプ》】を使ってみせた。琴里はバタン！とテーブルの上に突っ伏した。

全て作り話だと看破される心配もなかった。精霊《こちら》の脈拍などは令音にモニタリングされているだろうが、六喰はあらかじめ一部の感情に【閉《セグヴァ》】を施している。今の六喰に嘘発見器は通用しない。琴里がこっそりと視線を送っても、令音は首を横に振るのみだ。

「最初に告げたように、兄君の力になりたいと言ったのは本当じゃ」

「……」

「あの方が危険に晒《さら》されるなら、守りたい。……救ってあげたい」

「……」

「だから、精霊《むく》の力は封じないでほしい。経過観察されておる琴里《うぬ》と同じ身分が欲しい」

「……本当に、全部お見通しってわけね」

「うむ。力を封印されてしまえば、むくは兄君を守れん。もし、むくが危険だと判断したなら……始末してもらって構わぬ。何だったら、爆弾でも何でも埋め込むがいい」

六喰は覚悟を語った。その覚悟だけは、嘘だらけの六喰の偽らざる真実だった。

けれども、未来から来た、とはどうしても言えなかった。

まず信じてもらえないだろうし、何より自分の『罪』を打ち明けられなかった。全て六喰の弱さが原因だった。

全てを語り終えると、ファミレス内は重い沈黙に包まれていた。

スタッフ達が固唾を呑《の》んで見守る中、きつく瞼《まぶた》を閉じていた琴里は……溜息《ためいき》をこぼす。

「どちらにせよ、私達はあなたを放置することはできない」

「……！　では！」

「そんな厄介な能力を持ってたら、力ずくでも囲い込むしかないじゃないっ。まったく、頭痛の種を増やしてくれるんだから……！」

悪態交じりに判断を下す琴里は、身を乗り出す六喰に「ただし！」と指を突き付ける。

「あなたのことは全て円卓会議《ラウンズ》に報告する。要望が通るかは上の判断次第。何かしらの『処置』を施される可能性は大いにあるわ。……それでも構わない？」

「委細構わぬ。無茶を言っているのはこちらじゃ。あらゆる疑いの目を、むくに向けるがよい。……その上で、信用を勝ち取ってみせるのじゃ」

神妙に頷《うなず》く六喰に、ふんっ、と。

琴里は鼻を鳴らし、チュッパチャプスを口にくわえ、居丈高に告げた。

「ようこそ、〈ラタトスク〉へ。歓迎してあげられるかはあなたしだいよ、星宮六喰」

◇

結論から言えば、六喰の力が封じられることはなかった。

解析の結果、士道への好感度は天元突破（この時は【閉】《セグヴァ》を解除して感情を爆発解放）しており、敵意は皆無。何より六喰は従順で、有用過ぎた。この力を制限するには惜しいと〈ラタトスク〉上層部に認めさせる程度には。

無論、その力を利用せんとする最高幹部達の暗躍はあったが、精霊達を助けたいと願う議長《ウッドマン》一派の働きかけもあって、保険の『首輪』を嵌《は》められるのみに至った。六喰が翻意した際、この首輪が爆破する仕掛けだ。

こうして、従来の歴史とは異なり、六喰は〈ラタトスク〉の一員となった。

そして――少年達の戦争《デート》が始まる。


「空間震警報……来るのか、十香」

四月一〇日。

迎えたXデーに鳴り響くサイレンに、六喰はぽつりと呟いた。

ビルの屋上から晴れ渡る空を眺めていると、耳に装着しているインカムに通信が入る。

『ちょっと六喰、どこにいるのよ！』

「どこかのビルじゃ」

『どこかって、どこよ！　円卓会議《ラウンズ》から許可が下りたわ！　作戦を開始するから、早く〈フラクシナス〉に戻って来なさい！』

六喰が〈ラタトスク〉に加わって既に半年以上。

琴里を含めた〈フラクシナス〉クルー達から、六喰は信頼を勝ち取っていた。全ては『自分と関わる全ての者を幸せにしたい』と傲慢に願い、以前は交流が少なかった者の手助けも積極的にこなしたおかげだった。あの特殊嗜好《しこう》で巨乳嫌いの神無月《かんなづき》も、

「貴方《あなた》のその献身、司令の左腕と認めざるをえませんね……ですが右腕はこの私です！あ、司令っ、蹴るなんてそんなっ、アァー！」とちょっぴり評価してくれた。

「琴里、すまぬ。むくは独自に動く」

『はぁ？　なにバカ言ってるのよ！　ASTだってもう動いているわ、捕捉されでもしたら……！』

「そこは上手《うま》くやる。安心するのじゃ、琴里の兄君はむくが守る」

六喰は、この世界の士道を『主様』ではなく、『兄君』と呼ぶようにした。

自分が愛し、苦しみを与えてしまった『未来の士道』と、『過去《いま》の士道』は違う。

六喰なりのけじめだった。

一度接触してしまってから今日まで、彼とは一度も会っていない。

「すまぬ、琴里……すまぬ、十香、そしてまだ見ぬ精霊達よ。むくは今より『鬼』となる」

インカムの通信を強制的に切り、眼下の光景を見渡す。

シェルターに速やかに避難していく住民達、人の姿が消えていく町並み。

そして、空間のうねりとともに現れる玉座と暴力的なまでに美しい少女。

最後に、引き寄せられるように足を踏み入れる一人の少年。

少年と少女が邂逅《かいこう》を果たす――その時。

六喰は〈封解主《ミカエル》〉を握り、虚空の『扉』にするりと入って、跳んだ。

「――君、は……」

「……名、か」

少年が声を発する。

少女がどこか悲しげに、運命の旋律を奏《かな》でる。

「――そんなものは、な」

「〈封解主《ミカエル》〉‼」

そして六喰がその流れをブッタ切《ぎ》った。

「「⁉」」

にゅるり、と『扉』から飛び出し、十香の真後ろに出現。

士道達の驚愕《きょうがく》をかっ攫《さら》いながら、少女の背中に鍵をブッ刺し、「【閉《セグヴァ》】‼」と精霊のかい、い、い、を封じてしまう。

――ブッ⁉　と。

遥《はる》か上空、琴里はチュッパチャプスの棒を吐き出した。

同じくモニタで一部始終を見ていた空中艦《フラクシナス》のクルーも揃《そろ》って、唾を噴き出した。

今まさに攻撃を仕掛けようとしていたＡＳＴの鳶一折紙一曹《とびいちおりがみいっそう》は、目を点にした。

そして現場に混沌《カオス》をもたらした張本人、星宮六喰は、無力化した精霊と少年を孔《あな》の中に引きずり込み、安全な場所へと誘拐した。

『いかにすれば兄君の身の安全を保証しつつ、戦争《デート》をサポートできるかのぅ』

この半年間、六喰はそれだけを考えてきた。

士道には傷一つ負ってほしくない。

精霊達にも傷付いてほしくない。

しかし精霊達の権能はどれも強力だ。ノーリスクの攻略など夢物語。六喰の〈封解主《ミカエル》〉も強力な〈天使〉だが、未来の知識を用いたとしても不意を打てるのは一度が限度だろう
――とそこまで考えて、六喰は思い立ってしまった。

『むん？　ならばその一度の奇襲で背後を突き、能力を封じてしまえばいいのでは？』

悪魔的発想であった。

運命の出会いとか感動的《ドラマティック》な展開も全てブチ壊しにする外道《げどう》かつ反則技でもあった。

災害に等しい力を〈封解主《ミカエル》〉の【閉《セグヴァ》】で封じてしまえば、精霊もただの女の子。未来では精霊撃墜王の名を馳《は》せた士道《ぬしさま》の手にかかればちょちょいのちょい、赤子の手をひねるようなものなのじゃ。ふむん。

もし『原作の筋書き《オリジナル》』とかあったらマジ激おこぷんぷん丸な案件を、この六喰はやった。

度重なる模擬実験《シミュレーション》を経て、今日、実行に移したのである。

「なぜ〈鏖殺公《サンダルフォン》〉が沈黙している！　お前達はなんだ!?　く、来るなっ、来るなぁ!?」

「兄君、チューじゃ！　チューをするのじゃ！　そうすれば全て解決なのじゃ！」

「なんだこれっ、なんだコレェエエエエエエ!?」

転移《ワープ》した先、来禅高校の屋上もまた混沌《カオス》の発生地と化したのは言うまでもない。

収拾がつかないと思われた十香攻略作戦であったが――そこは士道。やはり士道。あらためて詳しい説明を聞くなり覚悟を決め、力を封じられイジけていた十香をマッハの速度で攻略した。対精霊ライフル〈CCC《クライ・クライ・クライ》〉で脇腹を削り取られることもなく無傷で。これには琴里司令もニッコリ。

その後、実績を認められた六喰の『暴挙』は、とどまることを知らなくなった。

「そ、そのだな。俺は――」

「……！　こ、ない、で……くださ」

「〈封解主《ミカエル》〉‼」

「⁉」

士道がまだ精霊だと気付いてもいない鬼畜段階で、四糸乃《よしの》を完封し、

「狂三、お前っ……！」

「きひひ……でぇ、もォ、わ、た、く、し、だ、け、は、殺、さ、せ、て、差、し、上、げ、る、わ、け、に、は――」

「〈封解主《ミカエル》〉ッ‼」

「――認めませんわぁああああああああああああああ⁉」

本体が出るまで粘りに粘り、あの狂三もギャグ時空に突き落とし、

「ふ……我が颶風《シュトゥルム・ランツェ》を司りし漆黒の魔槍に、理《ことわり》に縛られた器など存在しない！」

「〈封解主《ミカエル》〉（笑）」

「（笑）をつけるなぁぁぁぁぁっ！」

「無念。やられました」

修学旅行先で決闘していた八舞《やまい》姉妹を、二人まとめて【閉《セグヴァ》】の餌食《えじき》にした。

「汚い、さすが六喰ちゃんきたない……！」

「というか〈封解主《ミカエル》〉、初見殺しすぎるのでは……？」

「つまり、〈初見殺しの死兆星《ゾディアック》〉六喰……!!」

「その識別名はさすがに嫌じゃ」

その鮮やかな手並みは椎崎雛子《しいざきひなこ》以下〈フラクシナス〉クルーも戦慄するほどで、〈藁人形《ネイルノッカー》〉や〈早過ぎた倦怠期《バッドマリッジ》〉に続き〈初見殺し《ミンナノトラウマ》〉の名を頂戴した。六喰は不服であった。

「ふ、ふふふっ……！　いいわ、最高よ、六喰！　最初はどうなることかと思っていたけど、あなたを引き入れたことは私最大の功績だった！　ふはははははははッ!!」

高笑いするのは琴里である。

普段は司令官モードによって高圧的だが、士道を危険な状況に追いやることに誰よりも葛藤していたのは彼女だ。

それが限りなくリスクを抑えられるとわかった今、琴里も効率厨《ちゅう》の仲間入りを果たすのは必然であった。どけ‼　私達はクソ効率厨のスーパーTASちゃんだぞ‼

「いい、六喰？　あなたの今日までの戦果は認めるわ。でも私は、この五河琴里だけは、おにーちゃんと感動的《ドラマティック》な展開で精霊の力を封印されたいの」

「ふむん？」

「つまり、その封解主《シリアスブレイカー》を使うなと言ってるのよ。力が暴走しそうになったらしょうがないけど、狂三みたいなギャグ時空に突き落とされたらたまったもんじゃないわ」

「ほむ」

「美しい兄妹愛《きょうだいあい》の末に大団円《フィナーレ》に辿《たど》り着きたい乙女心、わかるでしょ？」

「いぇす、まぁーむ」

「よし！　それじゃあ満を持して、この私が士道に攻略されてくるわね！」

「〈封解主《ミカエル》〉」

「六喰ぉおおおおおおおおおおおおおおおおおッ‼」

琴里の魂の絶叫と引き換えに、精霊の攻略は折り返し地点に差しかかり、なおも加速していった。

「どこにいるんですかー？　私も一人で少し退屈をしていたところなんですよぉ」

「〈封解主《ミカエル》〉！」

「きゃあ⁉　私の〈破軍歌姫《ガブリエル》〉が――っていやあああん！　可愛《かわい》いいいいいいい‼

小さくて柔らかそうなあなたぁ！　私の抱き枕になってくださいウフフフぅ！」

「むんっ⁉　は、放すのじゃっ、うわなにをするやめっ――⁉」

「に、逃げろっ、六喰ぉー⁉」

力を封じられながら神速の抱擁でモフってきた美九《みく》に、初めて苦戦するも何とか制し、

「うふふ、珍しいわね、こちらに引っ張られたときに、AST以外のにんげn」

「〈ミカエール〉！」

「台詞《せりふ》くらいちゃんと言わせろバカァァァァァァァァ！」

美九戦の反省を活《い》かし、【放《シフルール》】まで使って殺りすぎ上等《オーバーキル》で、七罪《なつみ》を強キャラムーブする前に泣かせ、

「……折紙。貴様、なぜ――精霊になっている！」

「夜刀神《やとがみ》……十香。そして、星宮六喰。――倒す。私が」

「……この結末《みらい》は、変えられぬか」

折紙とは、一時的に力を取り戻した十香達とともに、死闘を演じた。

DEMの横槍《よこやり》を六喰が全て封殺しながら、絶滅の福音をもたらす光の暴風に立ち向かう。

光輝と剣撃、錫杖《しゃくじょう》の熾烈《しれつ》な応酬は、士道が身を挺《てい》して戦いを止めるまで続いたが――折紙はそれからも執拗《しつよう》に十香達の滅殺を望んだ。

この世界に折紙を『過去へ送り出す狂三』はいない。

六喰の介入によって、彼女は既に精霊の力を封じられている。

六喰は懊悩《おうのう》した。時を逆行してから初めてと言えるほど、深く。

折紙を救うには過去へと飛ばし、自身が犯した『真実《もうどく》』と向き合わせ、その上で絶望を越えさせなくてはならない。

答えを出した六喰は、謝った。

たった一人で全てを救うなんて自惚《うぬぼ》れていた己を恥じながら、折紙に、世界に、そして士道に頭を下げた。

――折紙を『地獄』に突き落としてほしい。

――その上で、『地獄』から引きずり上げ、どうか救ってあげてほしい。

狂三の力を封じ、その身に〈刻々帝《ザフキエル》〉の権能を宿す少年は、力強く頷《うなず》いてくれた。

琴里たちの制止を振り払い、時間遡行《そこう》するための霊力を全て六喰が供給した後、少女を地獄に突き落とす【一二の弾《ユッド・ベート》】は放たれた。そして――五河士道は、鳶一折紙を救った。

どうして自分が『彼』に惹《ひ》かれ、狂おしいほど求めるようになったのか。

少女と口付けを交わす少年を眺めながら、六喰はそれを思い出し、気が付けば微笑《ほほえ》んでいたのだった。

◇

「狂三さぁん、今日も美しい上に可愛いですね～！　ぎゅーさせてくださぁい！」

「美九さん、それ以上近付かないでくださいまし！　いったい何度言ったら貴方《あなた》はっ――だから抱き着くなと言っているでしょうっ！」

五河家の隣に建つ精霊マンション。

その一室は、今日も今日とて賑《にぎ》やかだった。格闘する美九と狂三を他所《よそ》に、テレビの前では八舞姉妹がゲーム対決に勤《いそ》しみ、四糸乃と七罪が仲良く談笑している。

ソファーの上に座る六喰は、とりあえず美九に抱き着かれるあの狂三に「悪いことをしたのぅ」と呟《つぶや》いた。ギャグキャラを定着させてしまい慙愧《ざんき》の念に堪えない。本当じゃぞ？

（むくが過去に来てから、もう一、一年以上……）

ここまで来るのに長かったような気もするし、短かったような気もする。

目の前に広がる平和な光景のせいか、六喰は不思議な感慨に浸った。

六喰が最初に歩んだ『未来』と、この世界はもう随分と乖離《かいり》している。

狂三を始め、ほとんどの精霊は封印した。

十香も反転しなかった。

『未来の知識』を活かし、DEMには凄《すさ》まじい被害を与えているためだ。宇宙からも大地を狙える六喰の〈封解主《ミカエル》〉なら、主要施設の場所さえ知っていれば壊滅的打撃を与えるのは容易《たやす》い（何せ六喰は既に世界を一度滅ぼしているのだ）。世界最強の魔術師《ウィザード》エレン・ミラ・メイザースやアルテミシア・ベル・アシュクロフトは確かに厄介であったが、ここまではウェストコット達の干渉は最小限に抑えている。――本音を言えばウェストコットは今すぐにでも始末してしまいたいが……逃げられてしまっている。

（主様……むくは、みなを守れているだろうか）

答えなんて返ってくる筈《はず》もないことを、ぼんやりと考えてしまう。

それはもしかしたら【一二の弾《ユッド・ベート》】のために霊力を消費したせいかもしれない。

最近、体や思考の動きが鈍く、こうしてぼーっとすることが増えてきた気がする。

そんな風に思っていると――ピシッ、と。

「……？」

硝子《ガラス》とか、陶器とか、硬質な何かに罅《ひび》が走るような、そんな軽い音が聞こえた。

何か割れたのか、と辺りを見回しても、床に転がる皿などは確認できない。

小首を傾《かし》げていると、ぼふっ、と背中に優しい衝撃がやって来た。

「六喰！　何をしているのだ！」

「十香……」

顔を後ろに向ければ、そこには満面の笑みを浮かべる十香がいた。

時間を遡行して、交友関係も『未来の世界』とは変化があった。

目の前の十香は六喰に懐《なつ》くようになった。最初こそ不意打ちを見舞った〈初見殺し《ミンナノトラウマ》〉として警戒されていたが、六喰が何かと餌付け——もとい世話を焼いてやると、無垢《むく》な大型犬のようにじゃれ付いてくる機会が増えた。四糸乃達も差はあれど好意的で、七罪には少し苦手意識を持たれている。狂三には普通に嫌われている。美九は言うまでもない。

随分気心が知れるようになったのは、琴里。付き合いの長さもあって仕事でもプライベートでもよく話を交わす。目下の悩みは胸囲《きょうい》的なものらしい。

よくわからないのは、令音。

琴里と一緒によく食事などする半面、こちらをじっと観察している時がある気がする。

「……いや、なに、みなの様子を眺めていただけじゃ」

「おお、そうなのだな！　六喰は私達を見守ってくれていたのか！」

少し大げさ過ぎる物言いに、六喰は苦笑を返そうとしたが、

「ずっと思っていたのだ！　六喰は、みんなのお姉さんみたいだと！」
その無邪気な発言に、両の目を見開いていた。
（姉《あね》……むくが……）
思ってもみなかった言葉に、六喰は少なくない衝撃を浴びた。
同時に、忸怩《じくじ》たるものもこみ上げてくる。
士道達と出会う前。そこでも六喰は一つの家族を壊した。
『あねさま』と慕っていた者からは化物と糾弾され、拒絶された。
そんな自分が、『姉』と同じ存在なんて……噴飯ものだ。
そんな風に言われる資格はない。六喰は間違ってばかりなのだ。
だが、十香達の前でそんな自嘲を見せるのは駄目だ。取り繕わなければいけない。
（……それに……なぜであろう。なにか……胸が温かい……）
六喰は、今という『贖罪《しょくざい》の旅』の中で。
少しだけ、ほんの少しだけ、赦《ゆる》されたような気がしてしまった。
心の内に去来する様々な感情を悟られたくなくて、咄嗟《とっさ》に話題を変える。
「十香……うぬは兄君が好きか？」
「シドーのことか？　うむ、好きだぞ！」

その問いかけに、十香は向日葵《ひまわり》のように破顔した。

「六喰や四糸乃たちも好きだ！　狂三は……少し苦手だ！」

十香は本当に無垢だ。愛《いと》しさすら感じるほど。

一方で、彼女は士道への想《おも》いが他の者に向けるものとは異なると自覚していない。

ふと、唐突に。

十香ならいい、と。

いつだって自分達に温かいものを分けてくれる彼女なら、士道の隣にいていいと、六喰はそう思った。

「十香……ならば、もっと兄君のことを好きになれる秘策を授けてやろう」

「おおっ、そんなものがあるのか？」

「うむ。デートに誘うのじゃ。精霊の攻略ではなく、男女としての逢瀬《おうせ》を重ねるのじゃ」

十香は不思議そうに、首を横に傾けた。

「男女？　おうせ……？　六喰たちと一緒に、みんなでデェトではダメなのか？」

「うむ。十香と兄君……二人きりで、じゃ。そうすれば、兄君に十香のことをたくさん知ってもらえる。そうなれば、兄君は十香のことを、もっと好きになってくれる筈じゃ」

「本当かっ？」

まるで魔法を目撃した子供のように目を丸くする十香に、六喰は微笑み、頷いた。

「そして、それと同じくらい……兄君のことを知ってあげるのじゃ」

「シドーのことも……？」

「うむ。あの方の好きなものや苦手なもの。あるいは、どんな時に笑うのか……それとも、悲しんでしまうのか」

最後の言葉は、過去の泡沫《うたかた》となって儚《はかな》く消えてしまいそうなほど、小さいものだった。

十香はしばらく考えた後、勢いよく立ち上がった。

「わかったぞ、六喰！　私はシドーをデェトに誘ってみる！」

「うむ」

「好きになることは、嬉《うれ》しいことだからな！」

ぱっと笑みを咲かせる十香に、六喰はもう一度微笑んで、もにゅもにゅと少女の柔らかい頰を両手で揉《も》んだ。目を瞑《つぶ》ってくすぐったそうにしていた十香は、即決行動とばかりに「では行ってくるぞ！」と部屋を飛び出していった。

六喰はその後ろ姿を姉のように見守った。

疼《うず》く胸には、気付かない振りをして。

やがて自らも立ち上がり、帰路についた。

今の六喰は『未来の世界』とは異なり、精霊マンションに居を構えていない。

精霊の力を封じられていない彼女は、監視の意味も含めて〈ラタトスク〉の施設内での生活を義務付けられている。夜空の下、一人てくてくと静まり返る住宅街を歩いていた。

「随分と冷え込んできたのじゃ……」

過去に戻って、二度目の冬が訪れつつある。

昨年より今年は寒い気がする。

防寒具を碌《ろく》に身に着けていない六喰は、両手に息を吐きかけながら、そう思った。

(次の精霊は、むくが知っている情報通りならば二亜。DEMに捕らえられていたという話であったし、早く救い出してやりたいのじゃが……)

DEMの施設を襲撃してきた六喰だが、二亜の居場所だけはわからなかった。

最重要な精霊ということもあってダミー施設を織り交ぜ厳重に隠されている。ネリル島の奇襲も空振りに終わった。ウェストコットの意図を感じ、歯痒《はがゆ》い思いを抱いてしまう。

「そして……それが終われば……」

頭上を見上げる。

六喰の瞳が見つめるのは、凛冽《りんれつ》という言葉が相応《ふさわ》しい冬空、その更に先の宙《そら》。

『もう一人の自分』が眠る、星の海。

（むくは異邦人……本来『もう一人のむく』が収まるべき場所を横取りして、居座っておる……。では、『もう一人のむく』の存在が知られ、攻略した後は……）

時を遡ったことで、この世界には奇《く》しくも『二人の六喰』が存在している。

二亜の力が誰の手にも渡っていない以上、宇宙で孤独に眠る〈ゾディアック〉の存在には誰も辿《たど》り着けない。言ってしまえば六喰はそれをいいことに、『もう一人の六喰』に成りすます泥棒猫で、偽物《ファントム》だ。

『星宮六喰』の暴走こそが世界を滅ぼす原因。そう信じている六喰は、もう間近に迫りつつある未来に足を止め、蒼然《そうぜん》とした空を仰ぎ続けた。

「六喰！」

「！」

その時だった。

いつだって六喰の心臓を動揺させる少年の声が、背を打ったのは。

「……兄君？　どうしたのじゃ？」

「部屋から六喰が見えて……今から地下施設《いえ》に帰るんだろ？　送ってくよ」

「……これは異なことを言うのじゃ。兄君より、むくの方が強いというのに」

「うっ⁉　そ、それは……」

自分の方が守られる側だと遠回しに指摘され、マフラーを首に巻いた士道が呻《うめ》く。六喰はいけないと思いつつ、くすくすと笑ってしまった。

六喰はこれまで、できる限り士道と距離を置いていた。

会話は交わすが、それも最低限になるよう努めていた。

自分には士道と親しく接する資格なんてないと、己を律していたのだ。

「そ、それよりも！　六喰っ、お前、十香に何か言っただろう？」

「はて、何のことかのぅ」

無理やり話を変える士道に背を向けて、六喰は歩みを再開させる。

士道は当然のように、ついてきた。

「いきなりデートとか、俺のことをもっと知りたいとか言われて……面食らったんだぞ」

「ふむん。嫌だったか？」

「い、嫌なわけはないけど……」

「では、よいではないか。むくは十香が兄君ともっと仲良くなりたそーじゃのぅと思って、助言を与えたまでじゃ」

「……本当か？」

「モチロンじゃとも」

しれっと言う六喰の背に、抗議の視線が突き刺さってくる。

それから、少し前を歩く六喰と、後ろを歩く士道のとりとめない会話は続いた。

六喰はやんわりとこの時間を終わらせたかったが、士道がそれを認めない。普段は受け身なのに、こういう時だけ積極的だ。そして六喰も、それを拒絶しきることができない。

浅ましいと思った。けれど唇は意識を離れ、綻んでしまっていた。

「なぁ……六喰」

不意に。

士道はそれまでとは声音を変え、問いかけてきた。

「どうして、初めて会った時、泣いてたんだ？」

六喰の足が、そして呼吸が止まる。

「六喰は何も知らない顔をしてたから、今まで聞きづらかったけど……」

「………」

「あの時、いきなり抱き着いてきて……それに俺のことを、『主様』って……」

思考に刻まれた一瞬の空白の後、少年に背を向けたまま、六喰は目を伏せていた。

想定できた事態だった。むしろ言及されないことの方がおかしかった。

六喰は冗談じみた言い訳を口にしようとした。

けれど、今の士道は決して誤魔化されてくれないと、わかってしまった。

「…………兄君が、むくの大切な方と…………とても似ていたのじゃ」

だから、六喰は振り返り、宝物を失った子供のように笑った。

「故に兄君を見た時、感極まり、抱き着いて……泣いてしまった」

「…………」

「あの時は、すまぬ。今日まで逃げて、訳を話そうとせず……すまなかった」

六喰が謝ると、黙って聞いていた士道は「……いや」と小さく顔を横に振った。

「……今、その人は？」

「もう、おらぬ。むくは、会えぬ」

「……戦争《デート》を助けてくれていたのは、俺と、その人を重ねていたから？」

「ちがう、と言えば……嘘《うそ》になってしまう」

士道は質問を重ねた。ずっと、六喰の瞳から視線を逸《そ》らさなかった。

「……好きだったのか？」

最後は、静かにそれを尋ねた。そして……むくを誰よりも愛してほしかった」

「ああ……好いておった。

六喰はやはり、笑った。

今、自分がどんな笑みを浮かべているのか理解しないまま、笑った。

二人の間に、雪が降りそうだった。

そう思ってしまうくらい六喰の体は冷たい。

少年は口を噤《つぐ》んでいた。少女の心が、雪に埋もれて消えてしまいそうなほど遠い場所にあることを、正《ただ》しく理解したように。

しかし、士道は。

だから、士道は。

二人を隔てる雪も、少女の寒さなんかも許さないように、互いの距離を埋めた。

「なぁ、六喰。デートしないか？」

マフラーをほどき、代わりに六喰の首に巻きながら、そんなことを言った。

「えっ……？」

「俺とお前で、二人きりで」

「む、むくと……？」

「ああ、これでも琴里達に散々鍛えられたんだ。絶対に、六喰を楽しませてみせる」

「な、なぜじゃ……どうして、そんなことを……」

六喰が酷《ひど》くうろたえると、士道は『記憶の彼』とうり二つの顔で、呟《つぶや》いた。

「だって、今の六喰、苦しそうだ」

六喰の瞳が震えた。冷たかっただけの胸が、途端に苦しくなった。

しかしそれは苦痛ではなくて、目の前の少年に引き寄せられ、溶かされてしまいそうなほど、切ない疼きだった。

六喰は咄嗟《とっさ》にうつむく。そして両手を突き出した。

士道の胸を幼子のように押して、距離を空ける。

今はもう、雪は降ってくれそうにない。

「……十香に誘われておいて、むくにも粉をかけるというのか？」

「うぐっ……!?　そ、それは……！」

「つまり十香はポイして、むくにあんなことこんなことすると？」

「人聞きの悪い言い方はよせぇ！　と、十香だってなおざりなんかにしない！」

顔をうつむけたまま、六喰は必死に念じた。熱を帯びようとするな、と胸も頬も何とか抑え込み、士道が動じた隙に、かろうじて悪戯《いたずら》好きな笑みを唇に纏《まと》うことに成功する。

「兄君は罪作りなお方じゃ。とんだモンスター色男なのじゃ」

「社会抹殺も辞さないような渾名《あだな》つけるなぁ！」

顔を上げた時、すっかり調子を取り戻していた六喰は、今度もやはり笑った。

けれどそれは、寒さも悲愴《ひそう》もない、一輪の花のような微笑《ほほえ》みだった。

「……誘ってくれて、光栄じゃ。けれど、やはり十香と行ってやってくれ」

「六喰……」

「代わりに……このマフラー、もらってよいか？」

「えっ？　あ、ああ……そんなものでよかったら」

ぎこちなく頷《うなず》く士道に対し、六喰は目を瞑《つぶ》る。

「嬉《うれ》しい……ありがとう」

心からの言葉。

首を抱きしめる温《ぬく》もりに顔を預けながら、六喰はぎゅっと胸を押さえる。

「むくは、これだけで十分じゃ」

「……」

「ここからは一人で帰れる。だから兄君……さようならなのじゃ」

六喰はそう告げて、背を向けた。優しい言葉で、有無を言わせなかった。

だって六喰は弱い。これ以上一緒にいたら、今《いま》以上を求めてしまう。

士道の優しさに溺れてしまう前に、マフラーを細い指で何度もいじりながら、新しい宝物をもらった子供のように、帰っていった。

「……十香達とは、何度もしてきたけど……」

少女の小さな背中が見えなくなった後、士道は一人呟いた。

「俺、六喰とデートしたことは、ないんだよな……」

五河士道にとって、星宮六喰は不思議な少女だった。

始まりが始まりだったし、その後も何を考えているのかわからない顔で自分も、周囲も振り回す。彼女はすごくて、強い。それだけははっきりとわかるくらい、六喰は他の精霊達とは異なっていた。そして、必ず他者のために行動する女の子だった。

『兄君……狂三と真那《まな》のことで悩んでおるのか?』

狂三との戦争《デート》の時。いつもはすぐに精霊の力を封じようとする六喰も、彼女には細心の注意を払っていた。必然的に、士道は狂三にまつわる闇に何度も触れた。

人を殺した精霊、そしてそれを狩り殺す真那。

士道が酷く苦悩していると、六喰はそっと寄り添ってくれた。

『本来ならば、十香の役割であったのだろうが……』

よく聞き取れなかった呟きを落とし、彼女は士道の頭を撫《な》でたのだ。

『兄君、怖がっていい。逃げてもよい』

『えっ……？』

『むくが何とかする。狂三も、真那も、兄君も……むくが守ってみせる』

母親のように、姉のように、恋する少女のように五河士道を守ろうとする星宮六喰から、逃げるわけにはいかなかった。

思えばあの時から、士道は六喰のことをよく目で追うようになった。

「俺は六喰のことを、何も知らない…………でも」

極めつきは、折紙が精霊化してしまった時。

六喰は初めて、士道を頼った。

——五年前、折紙は『あること』をしてしまった。彼女にそれを見せるために、【一二の弾《ユッド・ベート》】で『地獄』へ突き落としてほしい。

どうして彼女がそんなことを知っているのか、士道は六喰に問わなかった。

大切なのは泣きそうな子供のような顔で、誰よりも折紙の救済を願っていた、少女の想《おも》いの方なのだから。

「でもっ……あいつのことも、守ってやりたいんだ」

簡単なことなんだ。

誰よりも戦って、誰よりも傷付いて、誰よりもみんなの幸福を願う星宮六喰を支えたいと想うのは。

五河士道は、星宮六喰のことが――。

◇

一二月が近付くにつれ、士道と十香はデートを重ねるようになった。

押しに弱い典型的な日本人ボーイ士道と、自分の入れ知恵によってグイグイ攻める十香に六喰は親指を上げたが、他の精霊達の不満や介入もまた激化した（特に折紙）。

そして勃発する〈血のクリスマス〉、もとい〈五河ディザスター〉。

霊力が暴走した士道による無作為の女性攻略事件は、なぜか特に六喰が狙われることとなり、『六喰のあんな姿はじめて見た』と〈フラクシナス〉クルーが語り継ぐほどのピンチを迎えた。六喰は疲労困憊《ひろうこんぱい》の上に、しばし羞恥で悶《もだ》えるくらいボロボロになった。

ともあれ、その騒動の最中に〈資材A〉はDEMの手から逃れることとなる。

〈シスター〉の攻略――予定調和のごとき崩壊の序曲が始まる。

『本当に大丈夫ですか？　病院とか行かなくて……』

『あー、いーのいーの。別に病気ってわけじゃないし』

士道と年上の女性——本条《ほんじょう》二亜が会話を交わしている。

その様子を、六喰は〈ラタトスク〉の自律カメラでこっそり監視していた。

「来たな、二亜……」

この二亜との出会いは必然だ。全知の天使〈囁告篇帙《ラジエル》〉の力で彼女が士道に興味を持ち、偶然を装《よそお》って接触したのである。

〈クリスマスの翌日、主様の帰路の途中で待ち伏せ……『未来の二亜』が言っていた通りじゃ。〈囁告篇帙《ラジエル》〉はある種、最も厄介な〈天使〉。一撃で仕留めなければ〉

二亜本人は戦闘能力に乏しいとはいえ、六喰は決して油断しない。

これまで通り空間に『扉』を開け、二亜の背後に跳ぼうとした瞬間——。

『ととっ、予想してたよりヤバそー。本当はもっと少年との会話を楽しみたかったんだけど、しょうがないねぇ……んじゃ、〈神威霊装《ヨッド》・二番《ベート》〉』

「『!?』」

突如霊装を纏った二亜に、カメラの先の士道と六喰の驚愕《きょうがく》が重なる。

二亜は士道から距離をとったかと思うと、その手で〈囁告篇帙《ラジエル》〉を開いた。

『ねぇ、君、見てるんでしょ？　出てきたら？　あたしは精霊としてヨワヨワのタイプだと思うけどさぁ、来るとわかってる不意打ちくらいなら防げるよ？』

自律カメラを見上げ、はっきり告げてくる二亜に、六喰は全てを悟り、観念した。

『扉』をくぐり、士道の隣に現れ、二亜と対峙《たいじ》する格好となる。

「六喰!? 俺達のことを見張ってたのか!? で、でも、どうして六喰のことが……」

「えっへっへ、この〈囁告篇帙《ラジエル》〉は全てを見通す全知の天使。少年、君のことも、色々エグいことをやってるそこの精霊ちゃんのことも、ぜ〜んぶ検索済みだよん」

戸惑う士道を他所《よそ》に、二亜は勝ち誇った表情を見せる。

『未来の二亜』と同じく、目の前の二亜はDEMの輸送機から自分を救った士道に接触するため、〈囁告篇帙《ラジエル》〉で調べたのだろう。そしてその過程で、派手に精霊達の力を封じる六喰の『履歴』を知ったのだ。己のもとにも初見殺し《ミカエル》が来る、と予見していたのだろう。

（確かに、むくの不意打ちを未然に防げるとすれば、それは〈囁告篇帙《ラジエル》〉の力を持つ二亜のみ……迂闊《うかつ》じゃった）

素直に己の失策を認める六喰は方向転換を余儀なくされ、思考を巡らせる。

一方、二亜は士道に自己紹介と種明かしを済ませると――そこで、笑みを消した。

「で、さぁ……六喰ちゃん、だっけ？」

二亜から渾名《ムックちん》と呼ばれないことに、つい違和感を抱いてしまった六喰は、気付くのが遅れてしまった。

その宝石《ターコイズ》の色にも似た瞳が、氷点下の冷気を帯びていることに。

「君、なに？」

まるで『化物』を前にするように、凍《い》てついた声音でそう問うた。

「……えっ？」

「君さぁ、バグってるよ」

どうしてそんな顔で、そんなことを言われるのか理解できない六喰は、時を止めた。

そんな彼女に構わず、二亜は頁《ページ》を開いた〈囁告篇帙《ラジエル》〉を見せつける。

「見なよ。あたしの〈囁告篇帙《ラジエル》〉でも、君の表記だけがグチャグチャになって読めない」

彼女の言葉通り、〈囁告篇帙《ラジエル》〉の頁は、あたかも受信に失敗したテレビの砂嵐《スノーノイズ》のごとく、数多《あまた》の言語の海が氾濫しては渦を巻く、まさしく『バグっている』状態であった。

その瞬間、六喰に衝撃が走り抜ける。

〈囁告篇帙《ラジエル》〉は未来以外の森羅万象全てを二亜に教える。

つまり、未来からやって来た六喰の情報だけは、〈囁告篇帙《ラジエル》〉をもってしても知ることができないのだ。『未来の六喰』を解読するということは、『未来だけは見通せない』という権能項目《ルール》に抵触してしまう。二亜の目には、唯一《ゆいいつ》知ることができない六喰は、まさに『化物《アンノウン》』として映っているのだろう。

「あたしがわかったことは、君の名前。そして……六喰《キミ》と全く同じ『精霊』が今も宇宙《そら》で、眠っている、という、こと」

六喰の呼吸が途絶える。

「六喰と同じ精霊……？　どういうことだよ……？　何を言ってるんだ⁉」

士道の混乱が極まる。

「ねぇ、君は何？　地底人？　突然変異体《ミユータント》？」

二亜の双眸《そうぼう》が鋭さを増す。

じゃりと地面が鳴った。今の二亜から少しでも遠ざかろうと後退する六喰の足音。

はっ、はっ、はっ、と舌を出した犬の鳴き声のような音がみっともないくらいうるさい。それが過呼吸に陥りかけている己の肺が奏《かな》でているものだと理解するのに、六喰は時間を要した。

血の気が引き、汗が止まらない。士道がすぐ隣で、必死に何を呼びかけてくれているのかもわからない。まるで己の犯した『罪』が白日の下に抉《えぐ》り出されるかのような錯覚に、六喰の喉が干からびる。

「それとも、三流の映画に出てくる、この星の法則を受け付けない地球外の侵略者《エイリアン》？」

二亜の追及は緩まない。

彼女に悪意はない。ただただ、自身の権能をもってしても調べきれない『化物』を探るために、揺さぶっては情報を得ようとしているだけだ。

そして、その熱を宿さない眼差《まなざ》しが、『未来の二亜』の最期と重なって――。

「君は、あたし達の世界を、メチャクチャにでもしに来たわけ？」

その言葉が、致命打。

『未来の二亜』が過去《いま》の二亜の顔を借り、六喰を糾弾する。

幻想が少女の罪悪感を喰《く》らい、呪いの言葉を吐き捨てる。

――未来の世界《アタシタチ》を滅茶苦茶《メチャクチャ》にしたくせに、この世界《アタシタチ》まで壊すの――？

「あ……ああああああああぁアあああああああああああああッ!?」

絶叫が迸《ほとばし》る。

六喰という少女を構成する全ての要素に、亀裂が走り抜ける。

「六喰っ⁉　六喰ぉぉ────────‼」

愛《いと》しい少年の声も、今は遠い。

全身から力を失い、意識が闇に呑《の》み込まれる寸前──ピシッ、と。

あの何かが罅割《ひびわ》れる『崩壊』の音が、体の内側から響き渡った。

◇

──そういうことだったのか。

頭の中に、どこかで聞いたことのある声が響く。

──ありえないと受け入れられなかったが、やはり君は、未来から来たんだね。

驚嘆するように、憐《あわ》れむように。

──私を警戒しなかったということは、未来《そちら》の私は正体を明かさなかったのかな？

一体誰だ、と問いかけるも、答えはない。

——望みが叶《かな》わず、絶望して去ったか。まぁ、構わないさ。私は必ず上手《うま》くやる。

ここはどこだ、と問いかけるも、答えはない。

——六喰、君の運命はもう定まった。だから私は助けも、追い詰めもしない。

私《むく》は本当に六喰なのか、と問いかけても、答えてくれない。

——だから、好きにするといい。残された最後の時間を使って。

不思議な声はそこで、母なる慈悲を恵むように、途切れた。

◇

「…………はっ⁉」

六喰は目を覚ました。

まず視界に映ったのは医務室の天井、次に感じたのは途方もない喉の渇きと倦怠感《けんたい》。

ゆっくり上体を起こそうとするも、長い間、寝たきりの状態だったように上手く体が動かない。つい先程まで診察していたような形跡があるが、令音がいたのだろうか？

何とかベッドから起き上がった六喰は、今は誰もいない無人の一室を見渡した。

「ここは……〈ラタトスク〉の地下施設？」

もう一年以上も暮らしている場所だ、すぐに把握する。

それとほぼ同じく、気を失う直前の記憶が蘇《よみがえ》り、青ざめた。

今は何日だ？　どれだけ眠っていた？　士道は？　みんなは？

六喰は転がりかけながら部屋を出た。体が酷《ひど》く重い。鉛のようだ。

本当に自分の体なのかと疑いながら、壁に手をつき、施設の通路を進む。

そして、誰かスタッフが常駐しているだろう司令室に、辿《たど》り着いたところで――。

「どういうことなのよ、これは⁉」

琴里の焦燥の声が、扉が開くと同時に浴びせられた。

六喰の視界を打つのは、巨大なモニタ。

そして、その画面の中央で胎児のように体を丸める、星宮六喰。

「どうしてっ、どうして六喰が二人いるのよ⁉　……あっ！」

取り乱し大声を放っていた琴里が、背後に現れた六喰の存在に気が付く。

弾《はじ》かれたように椎崎雛子達クルーが、士道が、十香が、折紙が、四糸乃が、狂三が、耶《か》倶《ぐ》矢《や》と夕弦《ゆづる》が、美九が、七罪が振り返り、呆然《ぼうぜん》とする六喰を見つめた。

その中には、瞳を見張る二亜の姿もあった。

「……っ、DEM再び攻撃開始！　ぞ、〈ゾディアック〉、応戦に移ります！」

コンソールを操作する箕輪梢《みのわこずえ》が、動揺を孕《はら》んだ報告の声を上げる。

その一報を耳にした六喰は、今の状況を理解してしまった。

自分は二亜との接触から長い昏睡《こんすい》状態に陥ったのだ。証拠に、二亜から力がほとんど感じられず、霊結晶《セフィラ》が奪われていることがわかる。六喰が戦えなかったため、恐らくは未来の歴史通りにウェストコットの手に〈神蝕篇帙《ベルゼバブ》〉が渡ってしまったのだ。

そして、〈魔王〉の全知の力によって、宇宙に眠る〈本当の星宮六喰《ゾディアック》〉の存在に辿り着かれ、こうして〈ラタトスク〉のメンバーにも知られてしまった――。

「――ぁ」

自分を見つめる多くの瞳。

宿すのは驚愕《きょうがく》か、困惑か、あるいは猜疑《さいぎ》心か。立ちつくす自分を串刺しにする眼差しの矛が、今の六喰には、二亜が告げた『化物』を見るそれに映ってしまった。

「む……六喰……」

士道が口を開き、前に一歩、足を踏み出した瞬間。

六喰の精神の均衡は弾け飛び、気が付けば、彼等《かれら》に背を向けていた。

「……！　六喰ぉ！」

司令室から飛び出し、逃げ出す。

背中を叩《たた》く士道や琴里達の声を振り払い、迷路のような地下施設をでたらめに走る。

ばれた。ばれてしまった！

六喰の『嘘《うそ》』が、最悪な形で！

全て、今まで真実を話せなかった六喰のせいだ。

延命装置のごとく、必ず爆発する時限爆弾を遠ざけた結果がこれ。

あわよくば全てが終わるまで、『もう一人の六喰』の存在をひた隠しにしようとしていた薄弱の意志に、世界が罰を与えたのだ。

「だって……」

腕を振り、息を切らし、地下施設からも抜け出す。

「だってっ……！」

瞳に涙を溜《た》め、溢《あふ》れる思いを嗚咽《おえつ》に溶かす。

「あと少しだけっ、みなといたかったのじゃ……！」

少女の告白を、世界は嗤《わら》わない。怒らない。蔑まない。

ただ、その思い出も何もかも、『この世界の星宮六喰』に全て返せと、静かに言い渡す。

「うっっ⁉」

足がもつれ、地面を転がる。

辿り着いたのは高台の公園だった。士道が折紙を救うため、デートの最後に訪れた夜景が美しい場所でもある。今は夜は眠り、澄んだ真昼の青空が広がるのみだ。

「っ……？　おかしい……足がっ……体がっ……」

重い。未《いま》だ感情が荒れ狂う一方、六喰は肉体の異常に気が付いた。

ずっと昏睡していたことを差し引いてもおかしい。

まるで霊力そのものが失われていくような——そう思った直後、ビシッ！　と。

あの『崩壊』を告げる音が、決定的なまでに六喰の左腕から発せられた。

「なっ……！　こ、これは……⁉」

慌てて服の袖をまくった六喰は、目を疑った。

前腕から肘にかけて、『罅《ひび》』が生じていたのだ。

比喩ではなく、まさに腕が硝子《ガラス》細工になったが如《ごと》く、蜘蛛《くも》の巣が走り抜けている。

痛みはない。血も出ない。だが罅割れた側《そば》から肉体の一部が粉末となり、さらさらと地面に落ちては風にさらわれていく。我が身に起こる異常に、六喰が息を呑んでいると、

「——そういうことでしたのね」

「……！　狂、三……」

距離を置いた後方、追いかけてきた狂三が一人、姿を現していた。

「もしかしたら。ずっとそう思っていましたわ。それくらい、鮮やかでしたもの。次々と精霊を攻略する六喰さんの手並みは……まるで『未来』を知っているかのように」

「っ……」

「けれど、わたくしは『ありえない』とその可能性を切って捨てました。だって、わたくしか、あるいは何者かが〈刻々帝《ザフキエル》〉の力で過去に送ったとしても……貴方《あなた》は長い間、この世界にとどまり続けているんですもの」

一年と半年。

六喰が過去に戻り、過ごしてきた時間。

【一二の弾《ユッド・ベート》】は注意を払わなければ精霊一人分の命を使い潰す上、遡行《そこう》先の日時、滞在する時間によっても爆発的に霊力を消費する。

一年半以上もの時間を補う大量の霊力など、蒐集《しゅうしゅう》できるわけがない。〈刻々帝《ザフキエル》〉の権能を誰よりも理解する狂三は、だからこそ『ありえない』と結論を下していたのだ。

「それこそ、世界なんてものを犠牲にしなければ……ありえないですわ」

狂三は目を伏せ、瞠目《どうもく》する六喰に向かって呟《つぶや》く。

「……結果的には、貴方は時を遡っていた。そして貴方を過去に送った人物は、恐らく、ある限りの代償を支払った」

「ど、どういうことじゃ……？」

「憶測に過ぎませんが、その人物は世界の霊脈を利用して力をかき集めていたのではありませんの？　ありとあらゆる霊力を混同《ミックス》して、貴方の『時間制限』を取り払うために」

思い出す。あの未来の、二人ぼっちの光景を。

自分達以外、生きる者がいない世界から、もし士道が霊力をかき集めていたとしたら。

廃人同然だったあの姿も――心身が壊れてもなお――ずっと六喰のために働きかけていたのだとしたら。

「そのおかげで六喰さんは今日まで、貴方にとってこの『過去の世界』にとどまることができた。ですが、折紙さんを救うため、貴方は多大な霊力を切り崩してしまった」

「！」

「他ならない、同じ【一二の弾《ユッド・ベート》】の力を使うために。とどまるだけなら十分だった霊力は底をつきかけ……今、まさに『崩壊』の兆候が表れている」

狂三の視線が、六喰の罅《ひび》割《わ》れた腕を射貫《いぬ》く。

確かに奇妙な音が聞こえるようになったのは、折紙を救った後のことだ。

六喰自身、気が付かないほど小さな『罅』が、あの頃から体に生じていた――？

「貴方に撃たれた【一二の弾《ユッド・ベート》】とは、わたくしでさえ及びもつかないほどの未知数で、力業。本来ならば『起点』となった時空に舞い戻り、改変した過去が反映される。ですが……」

絶句する六喰に、狂三は〈刻々帝《ザフキエル》〉の所有者として、己の見解を突き付ける。

「あらゆる霊力……『世界そのもの』を貴方に装填したならば、搾り滓《かす》となった『未来の世界』はもう、死に絶えているのが道理。貴方と『起点』を繋《つな》ぎ止める『糸《パス》』を……維持することができない」

『起点』とはつまり、時の逆行の効果が切れれば六喰が引き戻される『未来の世界』。

『糸《パス》』とはつまり、世界との縁《えにし》そのもの。

「もとの『起点』、もとの『座標』に帰れない貴方は……消滅するしかありませんわ」

「――――っっ⁉」

それは命綱《テザー》が千切れた宇宙服に等しい。

帰るべき場所《ステーション》との繋がりを失った宇宙飛行士《アストロノート》が辿る結末とは、闇に呑《の》まれ、暗黒の藻屑《もくず》となることだ。

「むくが……消える……？」

「ええ。貴方の運命はもう、覆《くつがえ》らない。……その体を見るに、残された時間は僅か」

この世界の狂三は今まで、ずっと六喰に恨みがましい目を向けていた。

しかし今、向けられているのは恨みでも敵視でもなく、『憐《あわ》れみ』だった。

あるいは、何もすることができない、自分への苛立《いらだ》ち。

「…………狂三」

「……！　士道さん、十香さん……」

「今の話……本当なのか？　六喰が未来から来たというのは！　六喰がっ、消えてしまうというのは⁉」

凍りついた呟きを発したのは、士道。声を荒らげるのは、十香。

いつからそこにいたのか、物陰から現れた二人は、顔から色という色を失っていた。

「六喰っ……お前は、本当に……⁉」

——罰せられる時だ。

身を乗り出す士道を前に、六喰は全てを悟った。

破滅を迎える体も、露見した嘘と真実も、全てを曝《さら》け出し、己の所業を打ち明けなくてはならないと。

「…………そうじゃ。むくは、未来からやって来た」

「っ……!?」

「むくは、もといた世を…………滅ぼしてしまった」

士道と十香の驚愕が、戦慄によって上塗りされる。

「ほ、滅ぼしたって、どういうことだよ……!?」

「主様を……五河士道を死なせないために、全てを奪い、壊したのじゃ」

それは、とある物語の結末。

六喰が歩んだ世界で、士道達は精霊全てを封印し、DEMとの最終決戦に臨んだ。ウェストコットの策略により、謎の精霊〈ファントム〉まで巻き込んだ戦いは、結果的には〈ラタトスク〉の勝利に終わった。しかし、その代償としてまず狂三が息絶え、更には士道も絶命を免れない状態に陥ったのだ。

死を間近にする士道を前にして、六喰は壊れた。

六喰《おまえ》は自分《おれ》だと言ってくれた士道が、家族になってくれると言った少年が死ぬとわかった瞬間、六喰は怒りと悲しみに狂い、彼を生かすため他の精霊達の殺害を決行した。魔術師《ウィザード》やそれに類するものも、全てを襲撃し、かき集められるだけの霊力を瀕死《ひんし》の士道に注いだ。琴里達の制止の声にも耳を貸さず、世界という世界を滅茶苦茶《めちゃくちゃ》にして。

結果的に、士道は死ななかった。死ななかった、だけだった。

あとのことは六喰が辿《たど》った後悔の通り。

全てはボタンの掛け違いだった。

時を操る狂三が死んでいなければ。〈ファントム〉がDEMの罠《わな》に嵌《はま》っていなければ。士道が死に魅入《みい》られることがなければ……もう少しましな『ささやかな結末《グッドエンド》』に至れたかもしれない。

だが、六喰の世界が迎えたのは、救いようのない『この世全ての破滅《バッドエンド》』だった。

「そ、そんな……そんなことって……!?」

「全て、むくのせいじゃ。むくは……醜い化物じゃ」

語られた、とある世界の結末に士道達が言葉を失う中、立ち上がる六喰は自嘲する。

すると──ビキッ！　と新たな『罅』が六喰の体を苛《さいな》んだ。

「……狂三の言っていることは、本当らしい。もう、むくには力が残されておらぬ」

「六喰っ……！」

「だから……最後の『けじめ』をつけなくては」

顔を上げ、空を見据え、なけなしの力を振り絞り、〈神威霊装・六番《エロハ》〉を纏《まと》う。

驚く士道達に、六喰は背を向けた。

「もう一人の六喰《むく》を……何とかする」

「む、無茶だ！　そんな体じゃあ！」

「それでも、何とかするのじゃ。……アレは今、怒っておる。ともすれば、世を滅ぼしたむくと同じように、我を失っている……」

手の中に呼び出す〈封解主《ミカエル》〉が、淡い光を放ち、鼓動のごとく点滅している。まるで同種の〈天使〉と共鳴しているかのように。

「待ってくれ、六喰！　俺が、俺達が何とかする！　だからっ……！」

命を燃やしつくそうとする六喰の背を、士道は苦渋に満ちた表情で呼び止めた。

士道も直感し、理解してしまっていた。今、『鎛だらけ』の六喰に霊力を注ぎ込んだとしても流れ落ちるだけで、その消滅は不可避であると。

それがわかっていても、自分を守ろうとしてくれている士道の想《おも》いに、六喰は前髪で目もとを隠しながら、ほのかに唇を曲げた。

「では、兄君……むくの願いを聞いてくれるか？」

「……！　あ、ああっ！　なんだ!?」

ゆっくりと、顔だけ振り向かせる六喰は、微笑を作る。

「私《むく》を、救わないでくれ」

「────」

「もう一人の六喰《むく》を、救ってくれ」

凍結する士道に、六喰は『さよなら』を告げた。

「私《むく》にくれたもの、私《むく》にあげようとしていたもの……全てをこの世界の星宮六喰に与え、幸せにしてやってほしい」

改変された世界で、士道達とともに暮らせるのではないか。

そんな淡く、甘い期待を抱いたこともあった。

だが、今となっては、六喰はどこか納得していた。

これが、一度世界を滅ぼした星宮六喰が辿るべき末路であり、報いなのだと。

「マフラー、ありがとうなのじゃ……むくの、最後の宝物じゃ」

『扉』を開け、取り出したマフラーを首に巻く。

呆然《ぼうぜん》とする士道に微笑《ほほえ》みかけ、六喰は地面を蹴った。

「六喰おおおおおおおおおおおお！」

少年の叫び声が耳を震わせる中、瞳から滴がこぼれ落ち、風に消えた。

◇

「…………」

宇宙《そら》へと飛び立つ六喰の姿を、士道は眺めることしかできなかった。

六喰は、あの少女は、最後まで士道のことを『主様』と呼んでくれなかった。

彼女が愛した人物は『五河士道』とは別人。彼女の心は今も降り積もった雪に埋もれ、もう手の届かない場所にある。

『五河士道』では、彼女を救えない。

「どうすれば、いいんだ…………どうすれば、よかったんだ…………」

泣き言みたいな呟きが、唇からこぼれ落ちた。

六喰の運命はもう、どうしようもないくらい覆せない。士道にできることはないのだと、彼女は優しく突き付けた。何もしないでほしいと、今も罪に苦しむ彼女が願ったのだ。

「いったい、どうすりゃあ……！」

立ちつくす士道を、狂三は黙って見つめるのみだった。

そして十香は――うつむいた後、勢いよく顔を上げた。

「追え、シドー！」

「……えっ？」

「追うのだ！　六喰を！」

士道の両肩を摑《つか》み、目の前で叫ぶ。

「止まってはならぬ！　迷うな！　走れ！　六喰を救いにいくのだ！」

「……でも、俺じゃあ、あいつを救うことなんか……。六喰の体は、もう助けられないところまで……！」

少年が吐く弱音を、少女は遮った。

「シドーはまだ、六喰の心を救っていないではないか！」

「‼」

士道の瞳が、いっぱいに見開かれる。

「六喰は苦しんでいる！　今も、ずっとだ！　六喰はきっと、昔の私のように寂しいのだ！　今だって寒がって、凍えている！」

「十香……」

「シドーだって、納得しておらぬだろう！」

もう少しで唇が触れ合う距離まで顔を近付け、言葉を連ねる。

「私には、シドーのことがわかるぞ！　六喰に教えてもらったのだ！　シドーとデェトを重ね、シドーがどんなものが好きで、どんなものが苦手なのか！」

「！」

「シドーがどんな時に笑って、どんな時に悲しむのか！　私はたくさん知ったのだ！　今、シドーは悲しんでいる！」

十香は叫び続けた。

「自分に嘘《うそ》をつくな、シドー！　六喰を追いかけて、抱きしめるのだ！」

自分の想いを断ち切り、全てに蓋をして、ありったけの声で少年の背中を叩《たた》いた。

「じゃないと――シドーは心の底から、笑えないだろう‼」

そして。

少女に背中を押された少年は――。

静かに、拳を作った。

「……サンキュー、十香」

瞳から迷いは消えていた。

弱音は途絶え、ずっと封じ込めていた想いだけが、今の士道の本当となる。

「俺、六喰のことが好きだ」

「うむ！」

「俺、こんなお別れは嫌なんだ」

「ああ！」

「だから、行ってくる！　六喰のところへ！」

士道は駆け出した。この我儘《わがまま》に違いない想いを貫き通すために。

十香に感謝を告げ、振り返らず、たった一人の少女のもとへ。


「十香さん……」

士道が去った後、十香はずっと、そこにたたずんでいた。

背後に立つ狂三に見守られながら、冷たい風に長い髪を撫《な》でられる。

「おお、見ろ、狂三！　雨が降っているぞ！」

「え？」

空は晴れている。

雲はなく、天は青く。

「こんなに晴れているのに、雨は降るのだな！」

「……！」

「むっ？　おかしいな、雨がやまないぞ」

「…………」

「なんで……どうしてだ？」

「十香、さん……」

春は遠い冬の空は、どこまでも澄み渡り、切ないほど美しかった。

「雨が…………あめがっ…………」

◇

涙の音が聞こえた気がした。

それが自分のものなのか、誰のものなのかはわからない。

ただ六喰は、懐《なつ》かしき漆黒の海に舞い戻った。

かつては自らの記憶を封じ、闇の揺り籠に抱かれて眠っていた彼女は、視界に広がる宇宙が、今はとても孤独で寂しい場所だと感じた。それと同時に、忘却を望んだ『星宮六喰』を象徴する闇そのものだとも。

「あそこか……！」

暗く閉ざされた闇の中で、閃光《せんこう》が激しく明滅する。

もう一人の六喰とDEMが激しくやり合う戦場へ、六喰は急いだ。

現在進行形で亀裂が走り抜ける四肢に目を眇《すが》めながら、体に鞭《むち》を打っていると——無数の機影が飛来する。

「っ……！　雑兵《ぞうひょう》どもが！」

展開しているDEMの艦が放った〈バンダースナッチ〉。

普段ならば一蹴できる相手も、今の六喰にとっては脅威だった。霊力は風前の灯火《ともしび》であり、〈天使〉の権能も碌《ろく》に行使できない。正確には、行使した時点で六喰は消滅の憂《う》き目を見る。残された最後の力は、もう一人の六喰にとっておかなくてはならない。

「ぬううう……！」

〈バンダースナッチ〉の容赦のない波状攻撃に、六喰は逃げることしかできず、やがて被弾した。何とか〈封解主《ミカエル》〉で防ぐも、夥《おびただ》しい数の機械人形は嘲笑《あざわら》うように攻撃を重ね、六喰に止めを刺そうとする。

だが、六喰の背後から放たれた『魔力の砲閃《ほうせん》』が、衝撃を伴ってそれを阻《はば》んだ。

「……！　あれは！」

一瞬で消し飛ぶ〈バンダースナッチ〉を尻目に、六喰は振り返る。

彼女の瞳に映るのは、美しい曲線を誇る一隻の銀の艦《ふね》だった。

「〈フラクシナス〉！」

『収束魔力砲〈ミストルティン〉、敵部隊に直撃！』

『次！〈世界樹の葉《ユグド・フォリウム》〉、一番から七番まで指定座標へ射出、随意領域《テリトリー》を最大展開！』

クルーと琴里の叫喚が、耳に装着しているインカムから怒濤《どとう》のごとく押し寄せる。優雅かつ荘厳《そうごん》に浮かぶ〈フラクシナス〉を横目に、士道は真空状態の宇宙を単身泳いでいた。

『士道！辺り一帯は随意領域《テリトリー》で覆ってる！たとえ宇宙でも自由に動けるわ！』

「ああ、琴里！助かる！」

覚悟を決めた士道を迎え、琴里率いる〈フラクシナス〉は宇宙へと昇っていた。

〈ラタトスク〉の地下施設から出撃した最新鋭空中艦は、戦闘宙域に到達するなり、DEMの艦隊と激しい砲撃戦を繰り広げている。

『改修を施した、この〈フラクシナスＥＸ《エクス・ケルシオル》〉なら、DEMの連中なんてひと捻《ひね》りよ！――と言いたいところだけど』

その琴里の通信に被《かぶ》せるように、凄《すさ》まじい魔力砲が〈フラクシナス〉を脅《おびや》かす。

『厄介な艦の相手をしないといけないみたい！六喰の方は頼んだわ！』

随意領域《テリトリー》による平行移動で間一髪回避した〈フラクシナス〉は、そのまま敵高速戦闘艦と艦砲射撃の応酬に移った。

瞬《また》く間に連鎖する砲火の華々に、士道は思わず腕で顔を覆う。

「〈ゲーティア〉……！　エレン・メイザースか！」

それだけではない。

士道の死角より、機械の鎧《よろい》を纏《まと》った金髪の少女が急迫する。

「士道！」

ＤＥＭの魔術師《ウィザード》アルテミシア・アシュクロフトの不意打ちを、飛び込んだ折紙が防ぐ。

槍《やり》を模したレイザースピアが、レイザーブレードを弾《はじ》き返した。

「折紙……！」

「士道。ここは私達に任せて、行って」

純白のＣＲ－ユニット〈ブリュンヒルデ〉、更にその上から光り輝く限定霊装を纏う折紙は、油断なくアルテミシアを見据えながら口を開く。

「私も……貴方《あなた》と六喰に、救われた」

はっとする士道が一瞥《いちべつ》すると、折紙は心の内を吐露する。

「本物とか偽物《にせもの》とか、未来とか過去とか……関係ない。彼女を救ってあげて」

場違いな想《おも》いが胸に迫る。六喰がどんなに自分を罪人だと罵っても、六喰が救った少女達は、今こそ彼女を助けようとしている。そこには確かな絆《きずな》が存在しているのだ。

士道は力強く頷《うなず》き、地面を踏みしめるイメージでその場を蹴った。

随意領域《テリトリー》が彼を前方に押し出す中、間もなく熾烈《しれつ》な剣戟《けんげき》の余波が背中を叩く。

そして。

「遅かったね、イツカシドウ」

「……！　アイザック・ウェストコット！」

宇宙の闇よりなお深い、暗黒の化身のごとき男と対峙《たいじ》した。

「来ると思っていたよ。いや、この言い方はおかしいか。本来、私の方こそエリオットを狙って〈ラタトスク〉の基地を襲撃する手筈《てはず》だったのだから」

「っ……？　何を言ってるんだ、お前は！」

士道は知らない。

ウェストコットの言う通り、本来ならば彼が自ら部隊を率い、地下施設を強襲する計画だったことを。そうなれば〈神蝕篇帙《ベルゼバブ》〉の【幻書館《アシュフィリヤ》】によって妨害に遭い、改修した〈フラクシナス　ＥＸ《エクス・ケルシオル》〉ともども容易《たやす》く宇宙へ出ることがかなわなかった未来を。

この世界が迎えなかった『本来のＩＦ』を、士道は知ることができない。

「だが、それもしょうがない。……こうも愉快な〈魔王〉降臨の儀が開かれようというのなら、私も参列しなくては！」

劇場《ショー》のごとく両腕を広げる男の視線の先、そこには禍々《まがまが》しい波動が立ち昇っていた。

一目見ただけで肌が粟立《あわだ》つこの気配を士道は知っている。――反転の前兆だ。

その出所は、六喰。

いや、士道が知らない『もう一人の星宮六喰』。

「散々我々の手を焼かせてくれた〈封解主《ミカエル》〉の精霊……それと全く同じ存在がこの宙域に眠っていると知った時、笑いが止まらなかったよ。全てに納得すると同時に、嗚呼《ああ》、まるで初恋を自覚した幼い子供のように……悪戯をせずにはいられなかった」

〈神蝕篇帙《ベルゼバブ》〉を持つウェストコットは、二人の六喰の関係性にすぐさま気付いたのだろう。その上で自らも馳《は》せ参じ、『もう一人の六喰』を押さえにかかったのだ。

「もし、同じ〈天使〉を持つ精霊がぶつかり合ったらどうなる？　もし、片方の精霊が勝利した暁に〈霊結晶《セフィラ》〉を喰《く》らい、反転したのなら？」

その時、あたかも男の脚本《シナリオ》通りに、マフラーを巻いた六喰が、もう一人の六喰のもとへと到達した。

「それは本来ありえる筈《はず》のない――最凶《さいきょう》の〈魔王〉が凱旋《がいせん》するのではないのかね？」

吐き気を催す男の真意に触れた瞬間、士道は、全身という全身の毛が逆立った。

「ウェストコット、お前ッッ‼」

「来るかね、イツカシドウ？　この星の海で雌雄を決するか？　それもいいだろう」

爆砕の光が絶えず瞬く周囲宙域は決戦のごとき様相を広げている。

DEMは、いやウェストコットは総力を挙げて、この宇宙の闘争《バトル・オブ・コスモス》を制そうとしている。

「我々からしても、未来の情報を有する星宮六喰は最大の脅威。結果がどう転ぼうとも、彼女の愛らしい首級《くび》だけは挙げなくてはならない」

後退はない。

衝突は免《まぬが》れない。

敗北は、許されない。

「――〈鏖殺公《サンダルフォン》〉！〈氷結傀儡《ザドキエル》〉、〈刻々帝《ザフキエル》〉、〈颶風騎士《ラファエル》〉、〈破軍歌姫《ガブリエル》〉、〈贋造魔女《ハニエル》〉‼」

二人の『星宮六喰』を守るため、自身に封じられたありったけの『反則技』を解放し、士道は咆哮《ほうこう》を上げた。

「どけぇぇぇぇぇぇぇぇぇぇぇぇぇぇぇぇ‼」

◇

まるで、黒く燃え上がる凶星のようだ。

DEMの艦隊と百を超える〈バンダースナッチ〉相手に、悪鬼のごとき蹂躙《じゅうりん》を働く『もう一人の自分』を見て、六喰はそう思った。

「〈封解主《ミカエル》〉――【放《シフルール》】！」

奥の手まで使い、もう一人の六喰は無機物相手に殺戮《さつりく》の限りを尽くしていた。

怒りの情念に支配されるように。今も己を苛《さいな》む『悪夢』を振り払うように。

そして少女は、マフラーを巻いた自分と同じ存在を視認した瞬間、怒号を上げた。

「うぬかッ！　うぬかぁ‼　虫唾が走る夢魔を、絶えずむくに見せていたのは！」

「……そうか。うぬは、いや、お主は、むくの『記憶』を見ていたのか」

自分自身に殺意を向けられる六喰は、全て察してしまった。

もう一人の六喰は、過去を遡った六喰の体験を『夢』という形でずっと見ていたのだ。

それはちょうど、元の世界で六喰が攻略される際、士道と互いの記憶を共有していた現象と似ている。〈封解主《ミカエル》〉を伝って流れ込み、記憶がシェイクされたように、二人の回線も繋《つな》がり、もう一人の六喰が一方的に受信していたのだ。

原因はおそらく、互いの〈封解主《ミカエル》〉。

本来二つと存在しない〈天使〉が共鳴を起こし、チャンネルが開いてしまった。

「むくの眠りを妨げおって！　何が絆じゃ！　何が温《ぬく》もりじゃ！　くだらぬものをむくに

見せるな！　吐き気が止まらぬ、虫唾《むしず》が走る！」

「……」

「──なのに！　くだらぬ筈なのに、どうしてこうも、むくの胸はかき乱される⁉　むくは自分に『鍵』をかけた筈なのに、何故《なぜ》じゃ！」

それは紛れもなく悲憤の絶叫だった。

かつての自分のことは六喰が最も理解している。家族を失い、何も感じない孤独の殻に閉じこもった星宮六喰にとって、未来の六喰がこの一年半の間に築いた士道達との関係は『猛毒』以外の何ものでもない。

いくら記憶と感情が封じられていようと、心と魂が軋《きし》みを上げ、悲鳴をぶちまける。

悪夢に魘《うな》されていた少女は、そこでウェストコット達に叩《たた》き起《お》こされたのだ。

そして、その爆《は》ぜた悲嘆こそが、彼女の反転化を招いてしまっている。

「全て、むくのせいじゃったか……」

優美かつ勇猛な霊装に赤い罅《ひび》が入り、混沌《こんとん》を具現化したような色を帯びていく。

今も無意識のうちに瞳から流れる少女の涙は、闇のような漆黒に変貌しつつあった。

六喰の『贖罪《しょくざい》の旅』が──士道達と触れ合う再生と希望の日々が──もう一人の六喰にとっての『絶望』だったのだ。

「面妖な！　何故むくと同じ〈封解主《ミカエル》〉を持っている！　うぬは何者《だれ》じゃ！　うぬは何じゃ！　この妖異め‼」

憎悪《ぞうお》と憤激、悲愴《ひそう》を渾然《こんぜん》とさせ、もう一人の六喰は飛びかかった。

後悔と嘆きに暮れる六喰は、これに応戦する。

ありえる筈のない、同一の〈天使〉がぶつかり合う。

片や黒き波動を纏う長大な戟《ほこ》、片や鋍が生じた自壊寸前の儚《はかな》き錫杖《しゃくじょう》。

二つの鍵は攻め滅ぼさんと猛《たけ》り、救済を願って打ち震える。

一進一退の攻防は、すぐに均衡が崩れた。

「はぁぁぁぁぁァッ！」

「ぐうううう……⁉」

裂帛《れっぱく》の薙《な》ぎ払いを防ぎきれず、マフラーを巻いた六喰が吹き飛ばされる。

六喰の体は限界だった。既に片足の先は粉々に砕け、鋍も首もとまで届いている。こうして戦闘を交わしていること自体、奇跡だった。

「〈封解主《ミカエル》〉――【解《ヘレス》】！」

権能さえ碌《ろく》に操れない襤褸屑《ボロクズ》の自分自身《むくろ》を、もう一人の六喰は必殺をもって分解しようとする。

「〈颶風騎士《ラファエル》〉！」

「⁉」

それを、宇宙の中にあって嘶《いなな》く霊力の暴風が、遮った。

六喰が驚倒とともに吹き飛ばされる中、マフラーを巻いた少女のもとに、傷だらけの士道が駆け寄る。

「六喰！　大丈夫か⁉」

「………兄君。やはり、うぬも来てしまったのか」

息も絶え絶えの六喰は、安堵《あんど》と悲しみが交ざった眼差《まなざ》しを向けた。

「DEMは……？　琴里達は、どうなった……？」

「みんな無事だ！　ウェストコット達も倒せてないけど、四糸乃達が力を貸してくれて……！　俺だけここまで来られた！」

見れば、白金《しろがね》の艦〈ゲーティア〉は黒煙を上げながら地球に墜《お》ちるところだった。それに伴って、指揮が乱れた艦隊戦を〈フラクシナス〉が制し、余剰となった戦力をアルテミシアとウェストコットに回している。光の尾を曳《ひ》いてスパークを散らすのは折紙か、あるいは追いかけてきてくれた十香達だろうか。

「………どうして………どうしてじゃ…………むくと同じ存在の筈なのに…………ど

うして、うぬだけがぁぁァァ……!!」

しかし、形勢が傾きつつあるという予断は、許されなかった。

他ならぬ、もう一人の六喰によって。

「う――ぁ、あ、あぁぁあぁぁぁあぁぁ――」

「こ……これは……!?」

自分にはないマフラーを、士道と仲間達を、泣きそうな瞳で睨《にら》みつけていた六喰が、異変を加速させる。

握りしめる〈封解主《ミカエル》〉の実体が揺らぎ、代わりに少女の背後には巨大な鍵の輪郭がうっすらと浮かび始めていた。

『士道、まずいわ！　このままじゃあ本当に〈霊結晶《セフィラ》〉が反転する！』

耳に取り付けられた士道のインカムから、琴里の焦《あせ》りの声が発せられる。

逆にウェストコット達は喝采を上げるように、この宙域から離脱を開始した。

「だけど、力を封印しようにも、あの六喰と俺は言葉を交わしてすらいない……！　好感度も何もあったもんじゃないぞ！」

『っ……！』

士道の訴えに、琴里が言葉に詰まる気配が伝わってくる。

〈フラクシナス〉の計器も残酷な数値を語っているのだろう。

　ここで口付けを交わしたとしても、封印は必ず失敗すると。

「…………」

　彼等《かれら》の会話を聞いていた六喰は、目を閉じた。

〈魔王〉の産声《うぶごえ》が迫りつつある中、やがて、決然と瞼《まぶた》を開く。

「むくに、策がある」

「……！　本当か、六喰!?」

「ああ。もう一人のむくは、絶望しておる。自分にはないものを持つ私《むく》に。ならば、私《むく》が感じたこと、想《おも》ったこと、嬉《うれ》しかったこと……全て分けてあげれば良い」

「っ……？」

「いいや、違うな。全て、返してあげるのかいのじゃ」

　要領を得ない六喰の言葉に、士道はその時、猛烈な不安を覚えた。

　そして、その『危惧』は、彼の懇願を退《しりぞ》けて現実となる。

「これから、私《むく》がもう一人のむくを押さえる。それを、〈封解主《ミカエル》〉で貫いてくれ」

士道が、琴里が、通信を聞く全ての精霊が、時を止めた。

「もう一人のむくが封じている記憶と感情、そして私《むく》の心を解き放ってほしい」

「……いやだ」

「裸の心を重ね合わせ、教えてあげたいのじゃ。あのむくにも居場所があることを」

「……いやだっ」

「今の私《むく》はもう、権能を使えん。〈贋造魔女《ハニエル》〉の力を引き出せる、兄君にしか……【開《ラータイプ》】を使えないのじゃ」

「——嫌だっっ‼」

淀《よど》みなく語る六喰に、士道は吠《ほ》えた。

感情という感情を混線させ、子供のように喚《わめ》き、少女が望む『最期《さいご》』を拒絶する。

「〈天使〉で貫いて、六喰はどうなる⁉　そんな体に鍵《ミカエル》が突き刺さったら——！」

詰め寄ろうとする士道に対して。

六喰はそっと、首に巻いていたマフラーを解いた。

「もう、むくは持たん」

「——ッッ⁉」

「見ての通り……全身に『罅』が及んでおる。早いか、遅いかだけの違いじゃ」

六喰の『罅』は既に首を埋めつくしていた。

　そうこうしている間にも右足が、脇腹が、美しい金色の髪が硝子《ガラス》の破片となって散っていく。

　ビシリッ、と頬にも罅が走る中、少女は不器用な笑みを浮かべる。

「〈封解主《ミカエル》〉の【閉《セグヴァ》】は星の巡りさえ止めてしまう。〈魔王〉に堕《お》ちれば、本当に世界は滅ぶじゃろう」

「――――」

「尻拭いを押し付けて、本当にすまぬと思っておる……。だが、全てはむくが招いたことじゃ。どうか……この身をもって清算させてほしい」

　六喰は残酷なくらい、士道の退路を奪った。

　六喰は自分勝手なまでに、己の都合を押し付けた。

　そして、それと同じくらい……両の瞳から、破片となって消える涙を流していた。

「恥を忍んで、言おう。兄君……いいや、士道」

　少女は少年の名を呼んで。

　少女は少年の瞳を見詰めて。

　少女は、泣き笑いを浮かべて――。

「むく達を、救ってくれ」

——未練を振り払うように、士道の前から飛び立った。

「…………ぁぁぁ……ぁぁあああああっ…………‼」

喉から壊れたラジオのような音が溢《あふ》れる。

体を折り、全身をかき抱いて、迸《ほとばし》る激情の奔流に耐え忍ぶ。

こんなことってない。

やっと想いを認めて、十香に背中を押されて、ここまでやって来たのに。

ささやかな願いは叶《かな》わず、みっともない我儘《わがまま》も貫けず、世界の命運なんてくだらないものを押し付けられた。

士道が欲しかったものは、あんな泣いた笑顔じゃなかったのに——。

「シドーっ！」

十香が泣き叫ぶ。

「士道さん……！」

狂三が訴える。

「……シン」

令音が呟《つぶや》く。

「──お願いっ、おにいちゃあああん！」

琴里が立ち上がり、声を嗄《か》らす。

「六喰を救ってあげて‼」

この世界で、少女と誰よりも時間を過ごした妹は、溢れ出る滴とともに決断を下した。

この世界で、少女を誰よりも守りたかった兄は、最後にそれを見た。

今も星の海を走る、自分があげた少女の宝物《マフラー》を。

「──おおおおおおおおおおおおおおおおおおおおおおおおおおおおおおおおおおおっっ‼」

涙も、激情も、想いも、全て雄叫《おたけ》びに変え、少年は翔《と》んだ。

「すまぬ……すまない……ごめんなさい……」

宙《そら》を駆けながら、六喰は謝り続けた。

震える声で、もう一人の六喰に、沢山の仲間に、自分が傷付けてしまう少年に謝った。

命の砂となって手足が崩れていく。

最後まで力を貸してくれた〈天使〉が先に別れを告げてくる。

やがて、黒と紅に染まるもう一人の自分のもとへ、六喰は飛び込んだ。

『アァァァァアアアアアアアアアアッ！』

魔王に堕ちようとする少女の叫喚が、純粋な霊力の弾丸を飛ばす。

光の飛沫《しぶき》が何度も掠《かす》め、その度に肉体を削《そ》ぎ落とされ、片腕が吹き飛んでは霊装がかき消えていく中、僅かな隙間を縫って、懐《ふところ》へと入り込む。

次には、もう一人の六喰を抱きしめた。

『――――』

「大丈夫……だいじょうぶだよ、六喰……」

もう僅かも残ってない力で、いっぱいに抱きしめる。

思い出の中で生きる『あねさま』の声を、温《ぬく》もりを、もう一人の六喰に分けてあげる。

「あの人が……あなたを……独りになんて、しないから」

体がどんなに砕けても焼け落ちなかったマフラーが、輪を結ぶように、二人を繋《つな》ぐ。

そして。

「――――――――ッッッ‼」

直上。

少女達の遥《はる》か頭上に躍り出た少年が、両手に掲げる〈天使〉の名を呼んだ。

「〈贋造魔女《ハニエル》〉──【千変万化鏡《カリドスクーペ》】！」

まばゆい輝きを放ち、箒《ほうき》のそれが鍵型の錫杖《しゃくじょう》へと至る。

少年の想いを乗せて。

少女の願いを背負って。

姿形を変えた〈天使〉は、銀の弦《つる》で引き絞られた矢のごとく、直下へと放たれた。

「うああああああああああああッ！」

雄々しい涙の叫喚を上げながら、少年が一条の輝きとなって突き進む。

嗚呼《ああ》、降ってくる。

降ってくる──。

世界が変わっても、六喰が愛し続けた少年が──。

「六喰ぉおおおおおおおおおおおおおおおおおおおおお‼」

次の瞬間、叫びとともに突き出された〈封解主《ミカエル》〉が、二人の六喰を貫いた。

開かれる記憶と感情、解き放たれる心。

二つの魂が重なり合い、混ざり合い、光を放つ。

そして、もう一人の自分を残し、『星宮六喰』は無数の破片となって砕け散った。

気が付けば――。

◇

白い幻想の中に立っていた。

どこまでも続く純白の地平線。銀河の海にも似た無数の光の集まり。

きっとここは、宙《そら》の闇にたゆたう星の狭間《はざま》。

だからそれは、取るに足らない奇跡が生んだ、最後の時間なのだろう。


「――六喰」


呼ばれた声に、振り返る。

離れた場所には、地獄に堕ちても決して忘れない、一人の少年が立っていた。

彼のすぐ側《そば》には、自分と同じ少女が目を瞑《つぶ》って眠っている。

その傍《かたわ》らには、一つのマフラー。自分の首を確かめてみるも、彼にもらった宝物はない。

ちょっともったいない気もするけれど、仕方ないと苦笑した。

もう自分が持っていることは、できないものだから。

「……士道、すまなかったのじゃ」

「……」

「そして、感謝する……。むく達は救われた」

「……」

「私《むく》は救わなくていい、と言っておきながら……このざまじゃ。最後まで締まらなかったのぅ」

最後の時間は笑って終わりたかった。

だからばかばかしい話をした。

だけど、士道は黙ってこちらを見つめたまま。

六喰は目を伏せるように、寂しげな笑みを浮かべた。

もう一人の六喰は、大丈夫だ。六喰が見て感じてきたものを彼女は共有した。世界は決して寒いだけの場所ではないともうわかっている。自分のように過《あやま》ちを犯さず、少年達という家族を愛することができるだろう。

星宮六喰が世を滅ぼさないというのなら、それは六喰にとって一つのゴール。

心残りも、心苦しさもあるけれど……六喰の『贖罪《しょくざい》の旅』は終わったのだ。

「なぁ、六喰」

最後の最後に傷付けてしまった士道に、かける言葉を探しあぐねていると。

彼は真っ直《す》ぐな瞳で告げた。

「俺、お前のことが好きだ」

突然の告白に、馬鹿みたいに赤くなる。

瞬《まばた》きを繰り返し、体を何度も揺らし、ぐっとうつむいて……………それから、ゆっくりと顔を上げた時には、まっさらな微笑《ほほえ》みを浮かべた。

「嬉《うれ》しいのじゃ、士道」

「……」

「でも、むくは……やはり、主様が好きじゃ」

最後の最後まで彼を傷付けてしまう自分に、ほとほと愛想《あいそ》をつかせながら、言葉を続ける。

「むくは、酷《ひど》い女じゃ。贖罪の旅、なんて格好をつけておいて……もしかしたら、主様の想《おも》いを無駄にしたくなかっただけなのかもしれん」

天上の光が、まるで六喰の心を映す鏡のように、様々な情景を映し出す。

「主様との絆《きずな》を、感じていたくて…………主様に、褒めてもらいたかった」

幾つもの光景の中に、士道ではない士道と、笑い合う六喰が浮かび上がる。

その光景をじっと眺めていた少年は――。

見上げるのを止め、目を閉じた。

「聞いてくれ、六喰《むくろ》」

次に瞼《まぶた》を開いた時、その胸中を打ち明ける。

「俺は生まれて初めて、自分自身を妬んでる」

「えっ……？」

動きを止める六喰に、ありのままの想いを告げた。

「五河士道は、お前の心を奪う五河士道に、心から嫉妬してる」

「――――」

六喰の目が、見開かれる。

双眸《そうぼう》が意識を離れ、静かに、一筋の涙を生んだ。

「……むくも、士道とともに過ごせる、もう一人のむくが……羨ましいのじゃ」

最後は泣かないと決めていたのに、あっさりと誓いは破られた。

泣きながら笑う六喰に向かって、士道は歩み出し、あんなにあった距離をあっさりと埋めた。

ぁ――、という六喰の囁《ささや》きをかき消して、最後の我儘を叶えるように、力いっぱい六喰を抱きしめる。

「六喰……約束する。俺は、絶対に死なない」

二人が最初に出会った時。

抱きついてきたお返しのように今、六喰をかき抱《いだ》いて、二人の隙間を消す。

「十香達も、もう一人の六喰も、絶対に幸せにしてみせる！　お前が俺達のために戦い続けてくれたことを、決して無駄になんかしない！」

もう一人の士道と張り合うように、士道は六喰を赦して、救って、くれた。

苦しくて、切なくて、もう一粒の涙と一緒に、狂おしい吐息が漏れる。

「だから！　次はお前が幸せになる番だ！」

「！」

「約束だ！　次に会ったら、今度こそデートをしよう！」

六喰の両肩に手を置き、体を離して、涙ぐむ瞳で士道は笑った。

抗《あらが》えない喜びが胸を満たす。

浮気者《うわき》、と自分自身を罵りながら、六喰は嗚咽《おえつ》に濡《ぬ》れる掠れた声で——うん、と。

小さく頷《うなず》いた。

奇跡が終わる。

二人の時間が終わりを告げる。

士道の目の前で、光の破片となって散っていく六喰は、最後の言葉を添えて、花のように微笑んだ。

「ありがとう、士道――」


意識が薄れていく。

真っ白な光の渦に呑《の》まれ、全てが漂白されていく。

そして、最後に残った自我が消える寸前。

温かな誰《なに》かが、一欠片《かけら》の意識を、包み込んだ。


――頑張ったな、六喰。

◇

紅葉が舞っていた。

「…………えっ？」

穏やかな日差しが、赤と黄色の葉の絨毯《じゅうたん》を照らし、ささやかな木漏れ日を生んでいる。

遊歩道にたたずんでいた六喰は、呆然《ぼうぜん》とした。

消滅する筈《はず》だった意識が白いトンネルを抜けた後、立っていた場所は森林浴が楽しめそうな、のどかな公園だったのだ。

「…………な、なにが…………むくは、また過去に…………？」

動揺と困惑を等しくしながら、六喰は周囲を見回した。

秋のようだが、少し肌寒い時節。

記憶にあるようで、どこか違う景色。

ここは天宮市なのか、それとも夢か幻なのか。

何もわからず、六喰がうろたえていると、そこであることに気が付いた。

手足が長い。

視点だって高い気がする。

つま先を見下ろすことのできない胸の盛り上がりは相変わらずだが、記憶のそれより更に成長している気がする。身に纏《まと》っているのも六喰が着たこともない、どこか垢抜《あかぬ》けたワンピースだった。

何が起きているかちっとも理解できない六喰は、つい自慢の長い髪に触ろうとして——

首に巻かれている季節外れの『マフラー』の存在に、気が付いた。

「――――!!」

瞬間、光が駆け巡った。

脳裏に呼び起こされるのは自分であって、自分じゃない誰かの記憶。

DEMとの決戦、正体を明かして対峙《たいじ》する崇宮澪《れいね》、一度は消滅するも復活を果たした十香、六喰との約束を守った愛《いと》しい少年――。

肩掛けしていた小鞄《ポシェット》から携帯が滑り落ち、地面に落ちた衝撃で画面が表示される。

映し出される日付は、九月一二日。

それは、六喰ではない六喰が『彼』と結んだ――とある誕生日《やくそく》の日。

「っっ！」

六喰は咄嗟《とっさ》に携帯を拾い上げ、走り出していた。

初めて過去に渡ったあの日と同じように、たった一人の人物を探して。

息が切れる。靴が走りにくい。誰じゃ、背伸びしてこんなヒールを履いた私《やつ》は！

思考も記憶も、感情も交ざり合いながら、『彼』が待っている筈の待ち合わせ場所へと駆け付けて――。

「六喰」

名を呼ばれた。

誰よりも愛しい少年は、青年に変わっていて。

だけど、その笑顔だけは変わっていなくて。

紅葉のトンネルの中で待っていた『五河士道』を見つけ出し、立ち止まった六喰は、涙を流していた。

「……主、さま？　い、いや……士道？」

「どっちも、だよ」

何度も言葉に詰まる六喰に、士道はしてやったりというような得意げな笑みにも、困ったような笑みにも見える、曖昧な笑顔を浮かべた。

「全部、覚えてる。六喰に【一二の弾《ユッド・ベート》】を撃ったことも、もう一人の六喰と今日まで過ごしてきた思い出も……何もかも」

「ど、どうしてじゃ⁉　いやっ、狂三の話が真実なら、むくは消滅する筈では……！」

「そりゃあ、【九の弾《テット》】のおかげさ」

六喰の疑問にまとめて答える『種明かし』を、士道は一言で語った。

「六喰を過去に送る時、【一二の弾《ユッド・ベート》】の他に【九の弾《テット》】を撃ってたこと、気付いてなかったたろ？」

「……！」

「【九の弾《テット》】は違う時間軸にいるやつと意識を繋《つな》ぐことができる。六喰が消滅しなかったのも、この【九の弾《テット》】が狂三の言っていた『糸《パス》』の代わりになってたからだ」

六喰は思い出した。

あの二人きりの世界の中で、〈刻々帝《ザフキエル》〉の引鉄《ひきがね》が引かれた瞬間、木霊《こだま》する銃声が重なり合い、自分の意識が白く染まったことを！

銃弾は一発ではなく、『二発』だったのだ。

消える運命にあった六喰を繋ぎとめたのは、士道との縁《えにし》だったのだ。

「そ、それじゃあ、主様は……！」

「ああ、ずっと六喰の中で見てた。……死にかけも死にかけで、六喰に話しかけることはできなかったけどな」

バツが悪そうに頬をかく士道に、六喰は何度目とも知れない驚愕《きょうがく》を覚える。

六喰を過去に送った後も、士道はあの死んでしまった世界で、一人ずっと耐え続け、生き続けながら待っていたのだ。

六喰が帰ってこられるように、彼にとっては永遠に等しい時間を。

「あれだけ嫉妬してたのに、気が付いたら同じ『五河士道』になっててさ。複雑っていう

か、想《おも》いの行き場がなくなったっていうか…………でも、六喰を想う気持ちは、二倍になった。いや、それ以上かな？」

苦笑していた士道は、すぐに穏やかな微笑を浮かべた。

つい頬を赤らめつつ、六喰も士道と同じだった。

『主様』を愛していた六喰と、『士道』に家族以上の想いを抱き続けていた六喰の感情が溶け合い、一つとなる。『士道』は六喰に抱いていた慕情を、もう一人の六喰に重ね合わせたりせず、今日まで誰よりも大切にしてくれた。

何度も直した跡があるこのマフラーが、二人の関係を示す何よりの証拠だった。

「まずは……おかえり、六喰」

「う、うむ！　ただいまじゃ、主さっ――」

「じゃあ、覚悟はいいか、六喰？」

「――えっ？　――んんっ⁉」

『主様』の顔で穏やかに笑い続けていたかと思うと、『士道』の意地悪な笑みで抱き寄せられ、唇を奪われた。

目を白黒させる六喰の顔が、あっという間に紅潮する。

最初こそ強張《こわば》っていた体は、やがて力を抜き、少し背伸びしたまま、愛しい青年に身を委ねた。

呼吸をすることも忘れてしまい、士道がそっと離れる頃には、六喰は軽く息を切らしてしまっていた。

「約束、守ってもらうぜ」

「む、むん？」

「言っただろう？　次に会った時は、今度こそデートしようって」

「あ――」

士道は淡く頬を染め、相好を崩す。

瞳を見開いていた六喰も、喜びを湛《たた》え、破顔する。

少女の右手と少年の左手が絡《から》み合い、ともに歩み出しながら、その言葉は告げられた。

「さぁ――俺たちの幸福《デート》を始めよう」

DATE A LIVE ANOTHER ROUTE

GirlssideSHIORI

Author: Koushi Tachibana

士織ガールズサイド

橘公司

「きゃーっ！　遅刻遅刻ー！」

朝。五河士織《いつかしおり》は、私立ラタトスク学園への道を走っていた。

歳《とし》は一七。ミディアムロングの髪を四つ葉のクローバーの飾りで留めた、ちょっぴり料理が得意なだけの平凡な女の子である。今は口に、こんがり焼かれたトーストをくわえていた。

その身に纏《まと》ったブレザーの胸ポケットには、『R』が図案化されたマークが付けられている。もちろんラタトスク学園の紋章だ。来禅《らいぜん》？　知らない学校ですね……。

「きゃっ！」

と、曲がり角にさしかかったところで、士織は右方から飛び出してきた人影とごっつんこしてしまった。口からトーストがフライアウェイし、士織もまた、大きく体勢を崩してその場に転んでしまいそうになる。

が、そうはならなかった。

士織がぶつかった人影が、士織の身体《からだ》を力強く抱き留めたからだ。

「すまん、大丈夫か。——と、ん？　誰かと思えば士織じゃないか」

「え、あ——十流《とおる》……？」

士織は目を丸くしながら顔を上げた。

そう。そこにいたのは、ラタトスク学園剣道部主将にして士織のクラスメート、夜刀神《やとがみ》十流その人だったのである。

夜色の髪に水晶の瞳が特徴的な美男子《イケメン》である。士織よりも頭一《ひと》つ高い上背に、しっかりと筋肉のついた体軀《たいく》。逞《たくま》しいながらも優しげな顔立ち。校内にファンクラブもあるとの話だ。

と、十流はそこで「ん？」と顔を上げると、先ほど士織の口から飛んでいったトーストを、口で器用にキャッチした。そしてそのまま、んぐんぐと平らげる。

「うむ、美味《うま》い。せっかくのトーストが無駄にならなくてよかった。……しかし、今のはなんだ？　トーストなのにきなこパンのような味がしたぞ」

「あ……きなこペースト塗ってたから……」

「なんだそれは？　興味深い。詳しく教えてくれ」

言って、十流がずいと顔を近づけてきた。顔のいい男の無自覚な顔面が士織を襲う。士織は思わず頰を赤らめてしまった。

「——何をしている、十流」

するとそこで、そんな声がかけられる。

そちらを見やると、十流と揃《そろ》いの制服を着た少年がそこに立っていることがわかった。

――ラタトスク学園生徒会長にして士織のクラスメート、鳶一折遠《とびいちおりおん》だ。

色素の薄い髪と肌。人形のように端整な面。それらが細身の体軀と相まって、どこか作り物じみた危うい美しさを醸《かも》し出している。ちなみに彼にもファンクラブがあるとの噂《うわさ》だ。

「ああ、折遠。いや、ちょっと士織とぶつかってな」

「なら、いつまでもくっついている必要はないだろう。離れたまえ」

折遠がそう言って、ぐいと士織の手を引く。士織は十流の腕から解き放たれたかと思うと、今度は折遠の手によって塀際に追い込まれ、壁ドンされてしまう。塀だけど壁ドンである。

「きゃっ⁉」

「まったく……無防備にもほどがある。危なっかしくて見ていられないな……」

今度は折遠が顔を近づけてくる。長い睫毛《まつげ》が妖しげに揺れた。

「は、はわわ……」

「おい折遠！　士織に何をする！」

士織が顔を真っ赤にしながらはわはわしていると、十流が折遠の肩を摑《つか》んだ。

「何だ。触らないでもらえるかい」

「うるさい、それはこっちの台詞《せりふ》だ。士織が困ってるだろうが！」

と、いつものように二人が小競《こぜ》り合いを始めると、その後方に、一台の車がキッと停車した。

黒塗りの、あまりに車体の長いリムジンである。長すぎて先端が見えなかった。

「――きひひ、ひひ。おやおや、朝から元気なことですね、お二人とも」

車の窓が開き、中にいた人物が、特徴的な笑い声を響かせてくる。

鴉《からす》の濡《ぬ》れ羽《ば》の如《ごと》き黒髪に、白磁の肌。切れ長の目を妖しい笑みの形に歪《ゆが》めた少年である。

その左目は、医療用の眼帯によって覆い隠されていた。

「――狂三《きょうぞう》！」

その顔を見てか、十流が声を上げた。

そう。彼は時崎《ときさき》狂三。名前はきょうぞうと読む。くるみなんて読めるはずがない。時崎財閥の御曹司にして、士織のクラスメートである。ちなみに彼にもファンクラブが存在し、その会員は皆猫耳ヘアバンドを着けているらしかった。

狂三が、楽しげに歪んだ隻眼で、士織の方を見てくる。

「おはようございます、士織さん。十流さんと折遠さんは取り込み中のようですし、わたくしが学園までお送りしましょう。さあ、どうぞ乗ってください」

「え？　あ……ありがとう……」

「——そうか。悪いな狂三」

「——ならお言葉に甘えよう」

士織が躊躇《ためら》いがちに言うと、それに続くように十流と折遠がうなずき、リムジンに乗り込んだ。

それを見て、狂三がやれやれと肩をすくめる。

「はあ、まったく。あなたたちには言っていないのですが？」

「そう冷たいことを言うな。——む？　なんだこれは……車の中にお菓子やフルーツが……？」

「ちょうどいい。朝食がまだだったのでいただこう」

「あっ、ちょっと。それは士織さんのために——」

などと、今度は三人でわちゃわちゃと言い合いを始める。

士織は頬に汗を垂らして苦笑しながら、お言葉に甘えて車の座席に座った。

超ロングリムジンに揺られること数分。

士織たちは、私立ラタトスク学園へと辿《たど》り着いた。

つい先ほどまで遅刻ギリギリであった士織だが、車のおかげで大幅な時間短縮ができた。

運転手（猫耳）に礼を言い、車外へと出る。

するとそれに合わせるようなタイミングで、士織に声がかけられた。

「──あ、おねーちゃん。僕が出たときにはまだ家にいたはずなのに！」

「え？　あ──麻琴《まこと》」

そこにいたのは、士織の義弟《おとうと》の五河麻琴だった。

どんぐりのような丸っこい目が特徴的な、愛らしい少年である。首に巻いた白のスカーフと、口にくわえたチュッパチャプスの棒がトレードマークだった。なお、麻琴にもファンクラブが存在する。会員の大半は上級生なのだが、士織は彼女らに『お義姉様《ねえ》』と呼ばれていた。

「えー、ずるーい。僕も車で登校したかったなー」

「あはは……ごめんごめん。でも、私も偶然拾ってもらっただけで……」

と、士織が麻琴を宥《なだ》めていると、麻琴の後ろにいた少年たちが、順に挨拶をしてきた。

「士織さん。おはようございます」

『ふっ、今日も綺麗《きれい》だね。よしむねのムネもヨシヨシだぜ』

そう言ってぺこりと頭を下げてきたのは、ふわふわの髪と優しげな顔立ちが特徴的な少年と、その左手に装着されたウサギのパペットだった。

麻琴のクラスメート、氷芽川四糸希《ひめかわよしき》と、その相棒の『よしむね』だ。

なんと彼らにはそれぞれ別のファンクラブが存在しており、四糸希ファンクラブの会員たちは『子ウサギ』と、『よしむね』ファンクラブの会員たちは『御家人』と呼ばれていた。

「………おはよ」

四糸希の陰から、ぶっきらぼうな調子でそう言ってきたのは、ブレザーの中にパーカーを着込んだ少年である。癖の強い髪に、どこか不機嫌そうな双眸《そうぼう》。──四糸希の親友、鏡野七槻《きょうのなつき》だ。

ちなみに不登校であった彼がこうして学校にくるようになるまでには、文庫換算約二五〇ページほどの物語があるのだが、今回は紙幅の都合で割愛させていただく。

彼にもファンクラブが存在しているのだが、その活動は主にネット上で行われており、その会員たちが表に姿を現すことはほとんどなかった。会長のハンドルネームは『十六夜《いざよい》』だが、その正体は誰も知らない。

「むん。いい朝じゃな、主様」

そして最後に声をかけてきたのは、妙に古風な喋《しゃべ》り方をする少年だった。長い髪を綺麗にまとめ上げた、小柄な少年である。名を星宮喰六《ほしみやくろむ》。彼もまた、麻琴のクラスメートであった。

ちなみに彼が士織のことを『主様』と呼ぶに至ったのには、文庫換算約四〇〇ページほどの物語があるのだが（以下略）。

彼のファンクラブは通称『プラネッツ』と呼ばれており、会員同士星の名で呼び合うのが通例となっている。会長のコードネームは『月《ムーン》』だが、その正体は誰も知らない。

「うん、おはよう、みんな」

士織が笑顔で挨拶を返すと、四糸希と喰六はにこりと微笑《ほほえ》み、七槻は恥ずかしそうに視線を逸《そ》らした。

「さ、じゃあ行こっか」

士織はそう言うと、校門をくぐり、校舎へと歩いていった。

するとその後に続くように、十流や折遠、狂三たちがついてくる。

と──

「──ふははは！　審判の門は宵闇の鉄鎖に閉ざされた！　約束の地へと至りたくば、定められし呪言を唱えるがよい！」

「翻訳。俺はもっと士織の近くにいたいのに、隣のクラスだからそれも叶《かな》わない。せめて登下校の挨拶くらいはしてほしい……と言っています」

「勝手に副音声付けないでくれるか!?」

士織たちが校舎にさしかかると、金剛力士像よろしく昇降口の左右に立っていた瓜二《うりふた》つの少年たちが、高らかに、あるいは静かに声を上げてきた。

右にいたのは、着崩した制服をシルバーのアクセサリーで飾り、右手に包帯を巻いた少年。

左にいたのは、制服をきっちりと着込み、縁の細い眼鏡をかけた少年。

士織の隣のクラスの双子、八舞耶津矢《やまいかつや》と八舞結弦《ゆづる》だ。それぞれ、運動部の統括、文化部の統括を務めている。

ちなみに彼らには、耶津矢ファンクラブ、結弦ファンクラブの他に、耶×結ファンクラブ、結×耶ファンクラブが存在し、日夜血で血を洗う抗争を繰り広げているとかいないとかという噂である。

「耶津矢、結弦。おはよう。今日も元気だね」

「……！　お、おう。おはよう……」

士織が言うと、耶津矢は頬をほんのりと染めながら挨拶を返してきた。一見ワイルドそうな少年がそんな反応をするものだから、何だか妙に可愛《かわい》らしく見えてしまう。

すると結弦が、囁《ささや》くように続けてくる。

「読心。——やっべぇ……やっぱ士織可愛いなぁ。いい匂いするなぁ……結婚したいなぁ……と思っています」

「結弦ぅぅぅぅぅぅッ⁉」

顔を真っ赤に染めた耶津矢が、そんな叫び声を上げながら結弦に摑みかかろうとする。

しかし結弦はひらりと身をかわすと、そのまま校舎の中へ走っていってしまった。

「退散。では、またのちほど」

「待てこら結弦ぅぅっ！　勝手なこと言ってんじゃねぇぇぇえっ！」

などと、騒がしい声音を残し、二人が走り去る。ちなみに結弦は、文化部所属なのに耶津矢に負けないくらい足が速かった。

「あ、あはは……相変わらずだなぁ……」

士織は本日幾度目かの苦笑を浮かべると、昇降口で靴を上履きに履き替え、校舎内へと入っていった。

するとほどなくして、廊下の先に、何やら人だかりができているのを発見する。

「ん……？　なんだろ」

不思議に思い、生徒たちの合間からその先を覗《のぞ》き込むと――

「――あっ！　ハニー！　待っていたよ！」

人だかりの中心にいた人物が、パァッと目を輝かせて、士織の元へ走ってきた。

端整な顔立ちに、すらりと伸びた手足。そして脳を蕩《とろ》かすような美声を持つ長身の少年だ。

――誘宵《いざよい》璃九《りく》。ラタトスク学園三年生にして、現役バリバリの超人気アイドルである。

校内どころか、公式にファンクラブが存在する。その会員数は他のファンクラブの比ではない。

「きゃっ、り、璃九先輩……!?」

士織が驚いて身を竦《すく》ませると、彼は士織の手を取って腰を抱き、まるでフィギュアスケートの選手か、さもなくば歌劇を演ずる役者のようなポーズを取ってみせた。

「ああハニー！　君に会えなかったこの数日、僕の胸は幾度張り裂けそうになったことか！　さあ、再会を祝して熱い接吻《ベーゼ》を――」

言って、璃九が「んー……」と唇を突き出してくる。

士織は「は、はわわ……」と頰を染めながら困惑することしかできなかった。

すると士織の背後に控えていた十流と折遠が、士織から璃九をぐいと引き離す。

「こら、璃九！　いきなり何をする！」

「──おおお！　十流くん！　折遠くん！　それに皆も！」

しかし、璃九は怯《ひる》むことなく、というか先ほどより一層テンション高く、パァッと顔を輝かせた。

そう。実はこの誘宵璃九、美しい美少年（重複表現）に目がなかったのである。

「会いたかったよブラザーたち！　さあ、再会のハグを！」

璃九がきらりん☆　とウインクをし、十流に飛びかかる。が、十流は持ち前の運動神経でそれをひらりとかわした。他の皆も、璃九の抱擁から逃れるようにその場から飛び退《の》く。

捕まったのは、元不登校で運動不足な七槻だった。

「七槻くん、つぅぅぅぅかまぁぁぁぁえたぁぁぁぁっ！　ほぉぉら、すぅぅぅりすりすり、くぅぅぅうんくんくん！　パーカーのフードに頭からダイブしちゃうぞぉ！」

「ギャ──────────ッ!?」

ラタトスク学園の廊下に、七槻の悲鳴が響き渡る。周りにいたギャラリーたちは、「あらあら……」「まあまあ……」と頬を染めながら、その光景を写真に収めるのみだった。

と、そうこうしていると。

「あー……ったく、なーにやってんだおまえら。こちとら二日酔いで頭ガンガンしてんだから、あんま騒ぐんじゃねーっての……」

その騒ぎを聞きつけたのか、廊下の奥から、一人の男性教諭が、のろのろとした足取りで歩いてきた。

ボサボサの髪に眼鏡。ちらほらと無精髭《ぶしょうひげ》が生えた男である。

本条蒼二《ほんじょうそうじ》。この学園の美術教師だ。ちなみに彼にもファンクラブがある。ダメンズじゃないと好きになれない難儀な世話焼き女子が、少なからず存在するようだ。

「先生！」

「おーら、離れろ離れろ。不純同性交遊は家でやれ家で」

「はーい。──ま、ナツキニウムは十分接種できたからよしとしますか」

存外素直に璃九が七槻を解放する。ほんの十数秒で枯れ木のようになった七槻は、へろへろとその場にくずおれた。

「な、七槻くん……！」

四糸希が心配そうに七槻に駆け寄る。

するとその横に、今度は蒼二が屈《かが》み込んだ。

「えっへっへ、助かったなぁ、なっつん。俺のおかげで。俺の！　おかげで！」

「……な、何が言いたいんだよ……」

「いやー？　ただ今週末、ちょーっとまた俺ん家に来て、『作業』を手伝ってくんねぇかなー……なんてな。もちろんタダとは言わねぇからよぉ」

言って、蒼二が意味深な笑みを浮かべる。

それを聞いていたギャラリーたちが「んまぁ！」とさらに頬を赤らめた。

……実は蒼二は、『本条二亜《にあ》』というペンネームで少女漫画を連載しており、そのアシスタントを七槻に頼んでいるだけなのだが――傍《はた》で聞いているといかがわしい会話にしか聞こえないのだった。

「……本条先生」

と、そこで、そんな蒼二の背後に、低い声がかけられる。

「うん？　なんだ？　誰か他に俺の手伝いをしたいヤツが……って――」

振り向いた蒼二は、そこで言葉を止めた。

理由は単純。そこに立っていたのが生徒ではなく、スーツの上に白衣を羽織った男性だったからだ。

――村雨令司《むらさめれいじ》。ラタトスク学園の物理教師である。どこか眠たげな双眸と、その下に刻まれた分厚い隈《くま》とを、眼鏡で覆っていた。

ちなみに彼にもファンクラブが存在する。校内にあるファンクラブの会員数を全て合わせると全校生徒の数を超えてしまうため、少なくない人数が複数のファンクラブに所属しているると言われている。ファンクラブによってはそれを認めていない場合もあるため、時折裏切り者の密告が行われているとかいないとか。

「……まだ仕事が終わっていないでしょう。行きますよ」

「え？　あ……いや、れーにゃん？　俺っちちょっとお腹《なか》が痛くなってきちゃったっていうか……」

「……それは大変だ。至急開腹手術をしなくては」

「いきなり外科方面⁉」

令司に首根っこを掴《つか》まれた蒼二が、ざりざりと廊下を引きずられていく。それを見ていた生徒たちが、「またか……」というような顔で苦笑した。

「まったく……蒼二先生は相変わらずだな」

十流がやれやれと頭をかき、士織の方に向き直ってくる。

「──さ、行こう、士織。タマちゃん先生が来てしまうぞ」

「あ──うん」

士織は小さくうなずくと、教室への道を再度歩き始めた。──ちなみにタマちゃん先生とは、士織たちのクラスの担任、岡峰《おかみね》たまさぶろう教諭のことである。

「…………ふぅ……」

士織は皆と廊下を歩きながら、誰にも聞こえないくらいの吐息を零《こぼ》した。

――賑《にぎ》やかで、楽しくて、ちょっと騒がしい、ラタトスク学園の日常。顔面優良児《イケメン》だらけの学園生活。

「…………」

けれど士織にとってそれは、ただの楽しい日々ではなかったのだ。

士織は一緒に歩く十流や折遠たちの横顔をちらと見た。

「ん？　どうした、士織」

「……！　な、なんでもない」

勘のいい十流が、士織の視線に気づいてそう言ってくる。士織は頬を染めると、慌てて顔を前に戻した。

――普段は普通に接していても、ふとした瞬間にどうしても意識してしまう。士織は頭にかかる靄《もや》を払うようにブンブンと首を振った。

とはいえそれも仕方のないことだろう。

何しろ士織は、この学園を卒業するまでの間に――ある一つの選択をせねばならなかったのだから。

◇

――全ての始まりは、およそ三ヶ月前。

「私立ラタトスク学園……か」

士織は手にした封筒に記された名を読み上げるように呟《つぶや》いたのち、顔を前に向けた。

そこにあったのは、両開きの大きな扉である。その上には、『学園長室』の文字が刻まれていた。

「……にしても、突然この学園に転入しろって……一体何がどうなってるの……？」

士織は困惑するように呟いた。

そう。士織は別に、自分の意志でこの学園に通うことを決めたわけではない。ある日突然身に覚えのない合格通知が届いたかと思うと、次いで制服や教科書が届き、ついでにそれまで通っていた学校に転学届が出されていたのである。

正直意味がわからないし、不気味すぎる。

だが、転学届など出していないと言っても受け入れてもらえなかったし、どこに問い合わせても、示し合わせたように『ラタトスク学園へどうぞ』としか言われなかったため、仕方なくここへとやってきていたのである。

無論、素直に転入などするつもりはない。一応便宜上ラタトスク学園の制服に袖を通してはいるものの、今日はどちらかというと、一連の不可解な出来事の説明を求めに来たと言った方が適当であった。

「…………」

士織はすうっと息を吸うと、意を決して、扉をノックした。

するとすぐに扉の向こうから、くぐもった声が聞こえてくる。

『──どうぞ。開いてるよ』

学園長にしては、砕けた口調の、若い声。士織は不審に思いながらも、「失礼します」と言って、大きな扉を押し開けた。

広い部屋だ。壁に歴代学園長のものと思《おぼ》しき肖像や、数々のトロフィーや賞状などが並んでいる。手前に応接用のソファとテーブルがあり、その奥に、高級そうな執務机と、後ろを向いた大きな椅子の背もたれが見えた。

「──よく来てくれたね、五河士織くん」

背もたれの陰から、そんな声が響いてくる。扉越しに聞いたものよりも高く聞こえる気がした。

とはいえ、ここにいるということは学園長に違いないのだろう。士織は視線を鋭くしながら言葉を発した。

「……あの、これ、どういうことですか？　私、転入願いなんて出した覚えないんですけど」

「うん、そうだろうね。でも、悪いけどこれは決定事項だ。君には今日から、このラタトスク学園に通ってもらう。――ああ、学費のことなら心配しなくていいよ。君は特別奨学生扱いのため、全て免除だ。他にも必要なものがあったら言ってくれ。できうる限り便宜を図ろう」

そう言うと、学園長は背もたれの陰から片手を覗《のぞ》かせた。その指先には、小さな棒付きキャンディのようなものが挟まれている。

胡散臭《うさんくさ》いほどの厚遇に、士織は眉根を寄せた。

「……っ、そんなことを聞いているんじゃありません。勝手すぎるって言ってるんです。一体何が目的で、私をこの学園に転入させようとしているんですか？」

「目的――ね」

学園長はそう言うと、ゆっくりと椅子を回転させた。

やがて、大きな背もたれに覆い隠されたその姿が明らかになる。

「え――――？」

それを見て、士織は思わず目を丸くした。

しかしそれも当然である。同じ状況に置かれたならば、士織でなくとも、同じ表情をしてしまったに違いない。

──学園長の椅子に、自分の弟が座っている光景などを目の当《ま》たりにしたならば。

「ま、麻琴……？　何やってるの、こんなところで……」

士織が呆然《ぼうぜん》と呟くと、学園長──五河麻琴は、手にしていたキャンディを口に放り込んだ。

「見てわからない？　学園長だよ」

言って、ニッと唇の端を上げてくる。

その表情と語調に、士織はさらに混乱した。

今目の前にいるのは弟の麻琴。それは間違いない。けれど、天真爛漫《てんしんらんまん》ないつもの麻琴と、不敵な笑みを浮かべる今の麻琴は、とても同一人物とは思えなかったのである。

よく見ると、いつも首に着けているトレードマークの白いスカーフが、黒い色のものに変わっていた。

「麻琴が……学園長で……私をこの学園に転入させた……？　え……？　ちょっと……意味わかんない。一体何がどうなってるっていうの……？」

士織が頭に手を当てながら困惑するように言うと、麻琴はさもあらんといった様子で肩をすくめてみせた。

「まあ、混乱するのも仕方ない。状況は少しずつ理解してくれればいいよ」

ただ、と麻琴が続けてくる。

「士織。君がこの学園に通うのは決定事項だ。これは如何《いか》なる理由があろうと覆《くつがえ》らない。君にはこの学園で――あることをしてもらわなければならないんだ」

「ある……こと……？」

混乱と困惑に頭を支配されたまま、士織が問い返す。

するとと麻琴は、くわえていたキャンディの棒を指で挟み込み、そのまま士織に向けてきた。

「そう。――同級生、下級生、上級生、教師……誰でも構わない。君には卒業までの間に、この学園の中から、花婿を選んでもらう」

「え――」

麻琴の唐突な宣言に。

「ええええええええええええええええええええええええ――っ⁉」

士織は、その日一番の大声を上げた。

◇

「……花婿……なんて言われてもなあ……」

士織は麺棒でクッキー生地を延ばしながら、ぽつりと呟いた。

今は六時間目、家庭科の調理実習である。士織は三角巾で髪をまとめ、可愛《かわい》らしいエプロンを纏《まと》いながら、クッキー作りに勤《いそ》しんでいた。

けれどそんな瞬間にも、ふとそのことが思い出されてしまうのである。

——結局、転入は覆されることなく、士織は私立ラタトスク学園に通うこととなってしまった。

反感を覚えなかったといえば嘘《うそ》になるものの、書類は完全に受理されてしまっており、もとの学校に戻ることもできなかったため、選択の余地はなかったのだ。

とはいえ、ラタトスク学園自体は決して悪い場所ではなかった。最新鋭の設備、充実したカリキュラム、穏やかな気性の生徒たち。……正直、こんな学園に学費免除で通ってしまって本当にいいのだろうかと思えるほどだった。

それに、花婿云々《うんぬん》にしたって、麻琴が勝手に言っているだけの話だ。こういうのはタイミングとフィーリングであるし、仮に士織に気になる人ができたとしても、相手にだって選ぶ権利があるだろう。

士織は普通に学園生活を楽しみ、しれっと卒業してしまえばいい——

……と、転入から数日の間は、そう思っていた。

だが、その後ラタトスク学園で過ごすことおよそ三ヶ月。

士織の周りは、イケメン☆パラダイスと化していた。

しかもそのいずれもが、ことあるごとに思わせぶりな態度を取ってくるのである。今まで一度も異性と付き合った経験のない士織は、毎日ドキドキが止まらなかった。

「……いや、もちろん私の勘違いかもしれないんだけどさぁ！」

士織は盛大に過ぎる独り言を呟くと、クッキー型を取り出し、目にも留まらぬ速さで、スコココココ——と生地の型抜きをしていった。周囲から『おお……っ』とどよめきが漏れる。

「——織、士織」

「……えっ？」

不意に名を呼ばれ、士織は顔を上げた。

すると目の前に、エプロンと三角巾を着けた女子生徒が立っていることがわかる。——士織のクラスメート、殿町宏子《とのまちひろこ》だ。

「あんた……一体どんだけ作る気？　店でも開くの？」

呆《あき》れたように宏子が言う。

士織が手元に目と落とすと、そこには夥《おびただ》しい数のクッキー生地が並んでいた。

「あ……ごめん。ちょっとボーッとしてたみたい……」

「そ、そう……ボーッとしてたわりには素早い手つきだったけど……」

「癖になってるんだ、こういうの。ほら私、ちょっぴり料理が得意なだけの平凡な女の子だから……」

「それを自称するのもまた珍しいわね……」

宏子はたらりと汗を垂らしながらそう言ったが、すぐに気を取り直すように息を吐いた。

「まあいいわ。早く焼き上げちゃいましょ。ここの大型オーブンなら、その数でもなんとかなるでしょ」

「あ——うん」

士織が答えると、宏子は意味深な笑みを浮かべながら、すす……と身を寄せてきた。

「……で？　あんたは誰にあげるつもりなのよ」

「え？」

「え？　じゃなくて。せっかく作ったんだから、有効活用しないと勿体《もったい》ないでしょ。——

十流くん？　折遠くん？　狂三くん？　それとも隣のクラスの耶津矢くん・結弦くん兄弟？　あ、一年の四糸希くんや七槻くん、喰六くんっていうのもいいわね。弟の麻琴くんなんて安パイな答えは許さないわよー？　あ、ただ本気な場合は別」

「い、いや、その……」

「――あっ、まさか璃九様？　うわー、ただでさえ競争率高いのに、士織が参戦したら敵《かな》わないわー。それとも蒼二先生……？　あの人自炊とかしないから手作りに飢えてそうだし喜ぶんじゃない？　物理の令司先生って手もあるけど……あの人は全キャラ攻略したあとにルート解放される隠しキャラ枠だと思うわよ」

「……何言ってるの？」

士織が首を傾《かし》げると、宏子は「おっと」とヒラヒラ手を振ってきた。

「気にしないで。ちょっと友人キャラの血が騒いだだけよ」

「そ、そう……」

宏子の言葉には、有無を言わさぬ説得力があった。正直よくわからないが、そういうものなのだろう。

「まあ誰に渡すにせよ、きっちり作らないとね。ほら、早く早く」

言って宏子が、オーブンの天板の上にクッキングシートを敷く。士織はこくりとうなずくと、クッキー生地をその上に等間隔に並べていった。

「……誰に、か……」

ハートの形をしたクッキー生地を手に取りながら、士織はぽつりと呟《つぶや》いた。

◇

「──よし、帰るか、士織！」

帰りのホームルームが終わるなり、十流が元気よく声をかけてきた。一日の授業を終えたばかりだというのに、その顔には一切疲労の色は見えない。さすがは剣道部の主将というところだろうか。

「あ、うん。今日って部活はないんだっけ」

「ああ、今日は休みだ。だからどこでも寄れるぞ。どこか行きたいところがあれば──」

と、十流はそこで何かに気づいたように言葉を止めた。そして何やら、すんすんと鼻を動かしてくる。

「……なんだ？　何かいい匂いが……」

「え？　あ……もしかしてこれのことかな……？」

士織は、机の横に下げていた紙袋の中から、小さなクッキーの包みを取り出した。

　すると十流が、驚いたように目を丸くする。

　まあ、しかしそれも無理からぬことだろう。女子たちが調理実習を行っている間、男子たちは技術室で別の実習を行っていたのだ。

「まさか、クッキーか……？」

「うん。さっきの調理実習で焼いたんだ」

「……⁉　しかも焼きたて……だと……？」

　十流が眉根を寄せ、戦《おのの》くように指先を震わせる。そのオーバーな反応に、士織は思わず笑ってしまった。

「よかったら、味見してみる？」

「――！　いいのか⁉」

「うん。まあ、味の保証はしないけどね」

「はは、士織のクッキーが不味《まず》いわけないだろ」

　十流が朗らかに笑いながら言ってくる。……まあ、実際士織も少し謙遜して言ったのだが、そう真っ直《す》ぐに返されると少し気恥ずかしかった。

「ん？　どうした？」

「ううん、なんでもない。それよりこれ――」

と、クッキーの包みを十流に手渡そうとしたところで、士織は言葉を止めた。

理由は単純。士織が手にしていたクッキーが、瞬《まばた》きの間になくなってしまっていたからだ。

「えっ？　あれ？」

「――折遠！」

士織が目をぱちくりさせていると、十流が右方を見ながらその名を呼んだ。

十流の視線を追うように顔を動かすと、そこに、クッキーの包みを手にした折遠の姿があることがわかった。どうやらあの一瞬で、士織の手からクッキーを奪い取ったらしい。

「何するんだ。士織のクッキーを――」

「――それはこちらの台詞《せりふ》だ。抜け駆けはよくないんじゃないか？」

「何……？」

十流が眉をひそめながら言うと、その肩にポン、と手が置かれた。――狂三だ。

「折遠くんの言うとおりですね。わたくしたちを差し置いて士織さんのクッキーを手にしようなどとは、十流くんらしくもない。クッキーが欲しければ、正々堂々勝ち取ってはいかがです？」

「正々堂々と……だと？」

するとその言葉を待ち構えていたかのようなタイミングで、ガラッと教室前方のドアが開かれた。

「――話は聞かせてもらった！」

「――推参。八舞兄弟参戦、です」

隣のクラスの耶津矢と結弦が、バァーン！　とポーズを決めながら登場する。

「えっ？　え……っ⁉」

突然の事態に士織が戸惑っていると、今度は教室後方のドアが勢いよく開かれる。

「士織先輩のクッキー……僕、負けません」

『ふっふっふ、よしむねの暴れん坊な部分が、久々に目覚めちゃいそうだぜ……』

「むん。主様の手作りとあらば、参戦せぬわけにはいかぬの。星形はあるのか？」

「……いや、まあ、俺は別にどうでもいいけど……」

一年生の四糸希＆『よしむね』、喰六、七槻が、次々と顔を出す。教室の階が違うというのに、凄《すさ》まじい速さだった。

だが、それだけでは終わらない。次いで教室の窓がガラッと開かれた。

「ハニーのクッキーと聞いたら黙っていられないな！　でも、安心しておくれ。僕は独り占めなんてしないさ。みんなにも分けてあげるよ。――口移しで、ね！」

「――はっはぁ！　盛り上がってきたじゃねーの。よっしゃ、この勝負、本条蒼二が預かった！」

「いやどこから出てくるの⁉」

教室の窓から顔を出した璃九と蒼二に、悲鳴じみた声を上げる。が、士織以外誰も気にしていない様子だった。

「――いいだろう。相手にとって不足はない。士織のクッキーをもらうのは俺だ！」

「それはこちらの台詞だ。士織のクッキーは僕にこそ相応《ふさわ》しい」

「きひひひひ――アフタヌーンティーのお供にしてあげましょう」

「ええと……あのー……別にそんなことしなくても……」

士織が頰に汗を垂らしながら止めようとするも、盛り上がってしまった少年たちは誰も聞いていなかった。

こうして、士織の意思とは特に関係なく、士織のクッキー争奪戦は幕を開けることとなったのである。

「――というわけで！　これより、第一回しおりんクッキー争奪、ドキッ☆　男だらけの水上相撲を開催します！　実況はみんなのお兄ちゃん・本条蒼二、解説は戦慄の冷血圧《れいけつあつ》・村雨令司先生でお送りしまっす！」

「……なぜ私が？」

プールサイドに設《しつら》えられた実況席から、そんな声が響き渡る。

ラタトスク学園自慢の屋内プールには今、男たちの決戦の舞台となるバトルフィールドが設営されていた。

一体どこから持ってきたのか、プールの水面《すいめん》に、大きな正方形のボードが浮かべられているのである。表面には円が描かれており、土俵のように見えなくもない。

そしてプールサイドには、水着に着替えた少年たちがずらりと勢揃《せいぞろ》いしていた。

引き締まった腹筋。力強さを感じさせる上腕二頭筋。しなやかささえ覚えさせる大臀筋《だいでんきん》から大腿《だいたい》二頭筋へのライン。十人十色の筋肉がワッショイしている。士織は彼らの姿にドキドキが止まらなかった。

ちなみに、皆太股《ふともも》や足首までを覆うタイプの競泳水着を身につけているのだが、璃九だけは大胆なブーメランパンツだった。

あとなぜか実況席の蒼二と令司も水着姿だった。令司に至っては水着の上に白衣を纏《まと》っていた。性癖が爆発していた。

「水上相撲……つまり、あの土俵の上で押し合い、水に落ちたら負け——ということですか？」

狂三があごに手を当てながら言う。すると実況の蒼二が大仰にうなずいてみせた。

「その通り！　ただそれだけじゃあない。今回はバトルロイヤル方式を採用！　つまり、みんなで土俵に上がって一斉にバトルをスタートし、最後まで立っていた者が勝者となるってことさ！」

『…………！』

蒼二の説明に、少年たちが表情を険しくする。

しかしそれも当然だろう。一対一とバトルロイヤルでは、戦い方がまったく異なってくるに違いなかった。

少年たちが互いに視線を交わし合う。——ただでさえ不安定な土俵の上。複数人から狙われては、踏みとどまることは困難だろう。一体誰から狙い、どうやって生き残るか。駆け引きはもう始まっているようだった。

だが、そんな中——

「——はっ！」

そんな駆け引きなどまるで構わず、プールサイドから土俵へと飛び移る影が一つあった。

――十流だ。

「要は、全員水に叩《たた》き落とせばいいってことだろう？　ああ、わかりやすくていい。全員まとめてかかってこい！」

そしてよく通る声で啖呵《たんか》を切って、皆を誘うように手をクイと動かしてみせる。

『…………』

そのあまりに打算のない様に、少年たちがふっと頰を緩めた。

「ふっ――よかろう。颶風《ぐふう》に吞《の》まれ深淵《しんえん》へと沈むがよい！」

「臨戦。いざ尋常に勝負です」

「ぼ、僕だって……負けません！」

などと口々に言いながら、次々と土俵へと上がっていく。ちなみに皆軽やかにプールサイドから飛び移っていたのだが、七槻だけは一旦プールに入ってからよじ登っていた。その際四糸希の手を借りていた。

「むん……くろも本気を出さねばならぬようじゃの」

と、最後にプールサイドに残っていた喰六が、肩掛けにしていたジャージをバサッと脱ぎ捨てる。

『な……っ!?』

その様に、少年たちが目を見開いた。

少年たちの中では比較的小柄な喰六だが、その身体《からだ》の仕上がり方が尋常ではなかったのだ。カットがあまりにエグすぎる。6LDKの腹筋。ちっちゃいジープの乗ったような肩。そこまで絞るには眠れない夜もあっただろう。

「な、なんて身体だ……ッ！」

「おまえにはどう見える、あの体軀《からだ》……」

「どう見えるかより、どう造ったのかなんだけど……」

と、皆が口々に、格闘士のようなことを口走る。しかし当の喰六は、よくわからないといった様子で首を傾《かし》げていた。

「……ふむん？　何を言っておるのじゃ。別に普通じゃろう」

喰六が不思議そうに言う。どうやら謙遜というわけではなく、本当にそう思っているらしかった。

そして喰六が土俵に飛び乗り、全ての参加者が戦場へと至る。

一触即発の緊張感が、プール全体を包み込んだ。

「――うぇへっへ、いい気合いだ。準備万端って感じだね。じゃあしおりん、みんなに一言よろ～」

言って蒼二が、急にコメントを求めてくる。完全に油断していた士織は「えっ⁉」と声を裏返らせてしまった。

「えーと……わ、私たちの取組《デート》を……始めましょう？」

結果、そんなよくわからない台詞しか出てこなかったのだが……皆にはそれで十分らしかった。既に臨戦態勢だった少年たちが、さらに濃密な気迫を帯びる。

「よっしゃ、じゃあいくぜー？　はっけよい——のこった！」

そして、蒼二の声とともに——

『——おおおおおおおおおぉぉぉぉぉぉぉッ！』

男たちの戦いが、始まった。

土俵の上に集った少年たちが、一斉にぶつかり合う。ただでさえ不安定な水上土俵が激しく揺れた。

「ふ————ッ」

「く、やるな……！　神代の狩人《オリオン》の名を持つだけのことはある……！」

「感服。さすがですマスター折遠。ですが、結弦たちとて負けません」

「きひひ——どうやら、この封じられし左目の力を解放せねばならないようですね——て、わ、わわ……っ⁉」

『やっはー！　狂三くん隙ありー！』

「よ、よしむね……」

「──むん……！　凄まじい膂力《りょりょく》じゃ、十流……！」

「喰六こそ、さすがだ！　なんという攻撃の重さ──！」

「くっ、なんてちからだ、なつきくん。ぜんぜんふりほどけない」

「ギャ────────ッ⁉」

などと。

水上土俵のあちこちで、少年たちの戦いが繰り広げられる。

弾《はじ》ける汗。響く打音。ぶつかり合う大胸筋。

めくるめく肉の世界が、そこに広がっていた。

「ふ、ふぇぇ……」

「──おおっと、男たちの熱戦に、しおりんの頰が赤く染まっております！　解説の令司先生、これは一体⁉」

「……実は彼女は、隠れ筋肉フェチではないかというデータがある」

「おおっと、これは衝撃の事実！　がんばれみんな！　しおりんの視線が君たちの筋肉に注がれている！」

「か、勝手なこと言わないでくださいっ！」

士織は令司と蒼二に、思わず悲鳴じみた声を上げた。

しかし蒼二は怯《ひる》むことなく、ニヤニヤと頬を緩めながら言葉を続けてくる。

「……で？　しおりんの推し筋は？」

「………………腹斜筋」

「腹斜筋いただきました！　みんな！　アピールを忘れず！」

蒼二が高らかに声を上げる。思わず答えてしまった士織は顔を真っ赤にしながら頭を抱えた。

——そうして、水上で戦いが繰り広げられること数分。

「ぐわ……っ⁉」

「く——っ——」

土俵の上から、一人、また一人と脱落していき——

最後に、二人の少年がそこに残った。

「……おまえか、折遠。なんとなく、そんな気はしていた」

「……十流」

最後の二人——十流と折遠が、上体を低くしながら向かい合う。

実況

二人の身体はそれまでの熱戦による汗と水しぶきで濡《ぬ》れ、しっとりと湿っている。額やうなじに貼り付いた髪がまたえっちだった。

「…………」

「…………」

十流と折遠が、無言のまま視線を混じらせる。

瞬《まばた》き一つ許されぬ緊張感。一瞬の隙が死に直結する緊迫感。

二人の髪の先から滴《したた》り落ちる水滴だけが、静かに時を刻んでいた。

が——

「——あ。あんなところに空飛ぶきなこパンが」

「何ッ⁉」

永遠に続くのではないかとさえ思われた均衡状態は、存外容易《たやす》く崩れ去った。

折遠の言葉に、十流が勢いよく後方を振り向く。

その隙に、折遠は一瞬にして距離を詰めると、十流を土俵際《どひょうぎわ》まで追い詰めた。

「な……っ、騙《だま》したな⁉　空飛ぶきなこパンなどどこにもないではないか！」

「騙してなどいない。野生のきなこパンは逃げ足が速い。見失ってしまっただけだろう」

「そ、そうか……って、そんなわけがあるかっ！」

十流は吼《ほ》えるように言うと、ぐっと足に力を入れて踏ん張った。逞《たくま》しい大臀筋《だいでんきん》がきゅっと引き締まる。ごっつぁんです。

「大人しく落ちろ。士織のクッキーを手に入れるのは僕だ……！」

「ふざけるな！　士織のクッキーは——俺のものだぁぁぁぁっ！」

十流は回しを取るように折遠の水着を掴《つか》むと、そのまま上手投げの要領で折遠を土俵の外へと放り投げた。どぼん、と派手な音を立てて、折遠がプールに沈む。

「——決まったぁぁぁぁっ！　第一回しおりんクッキー争奪戦、勝者は——夜刀神十流ッ！」

高らかな蒼二の宣言に、プールサイドに並んだ脱落者たちから歓声が飛ぶ。

十流はしばしの間大きく肩を上下させていたが、やがて濡れた前髪を掻き上げ、士織に爽やかな笑みを向けてきた。

「……っ！」

その無邪気な表情に、思わずドキリとしてしまう。するとそんな士織の背を、トン、と優しく令司が押してくる。

「……さあ、勝者へ賞品の授与を」

「あ……は、はい」

士織はクッキーの包みを手に取ると、プールの側《そば》まで歩いていった。

そして、土俵の端に立つ十流に、それを差し出す。

「えっと、その……おめでとう。……正直、こんなことしてまで勝ち取ってもらうものでもないと思うんだけど……どうぞ」

「何を言う。嬉《うれ》しいぞ。――ありがとう、士織」

十流はにこりと微笑《ほほえ》むと、士織の差し出したクッキーを手に取った。

が、そのとき。

「……うわっ⁉」

水上に浮いていた土俵がぐらりと揺れたかと思うと、十流の手からクッキーの包みがすっぽ抜け、水の中に落ちてしまった。

「……ぷはっ。……くっ、及ばなかったか……」

次いで、折遠が水面から顔を出し、悔しそうに歯噛《はが》みする。どうやら、水の中に沈んでいた折遠が浮上した拍子に、土俵が揺れてしまったらしい。

彼に悪気はなかったようだったが――十流の落ち込み方は尋常ではなかった。

「あ、あ――、士織のクッキーが……。お、俺は何てことを……」

両手を戦慄《わなな》かせ、頭を抱えるような格好でその場に膝を突いてしまう。その表情には暗い絶望の色がありありと浮かんでいた。

「あ、あのー……」

いくらクッキーを楽しみにしていたからといって、少々オーバー過ぎる。士織は彼を慰めようと、頬に汗を垂らしながら声をかけようとした。

──しかし、次の瞬間。

「え……っ⁉」

士織は思わず目を見開いた。蹲《うずくま》る十流の身体《からだ》から、漆黒のオーラが発されたのである。

「な、何これ……⁉」

「……っ、いけない。反転だ──」

士織が戸惑っていると、後方にいた令司がそう言ってきた。

「は、反転⁉　なんですかそれ⁉」

「……十流たちは強い絶望を覚えると反転してしまうんだ。頼む、士織。彼を元に戻せるのは君しかいない」

「何ですかその唐突な設定⁉　ていうか何の説明にもなってない！」

士織は悲鳴じみた声を上げたが、ただごとでないことだけは理解できた。そうこうしている間にも、十流を包むオーラは強く、濃くなっていく。

「一体十流は……どうなっちゃうんですか⁉」

「……詳しいことはわからない。だが恐らく――」

「恐らく？」

「……普段の十流とはまるで性格の違う、傲慢な俺様系イケメンと化してしまうだろう」

「………………」

なんだかそれはそれでアリな気はしたが、士織は思い直すようにブンブンと首を振った。

こんなにも十流が苦しんでいるのだ。放っておくことはできない。

とはいえ、一体士織に何ができるというのだろうか――

「……！　そうだ、もしかしたら――」

士織はハッと肩を揺らすと、持参していた紙袋から『あるもの』を取り出した。

「十流！　戻ってきて！　十流……っ！」

そして、祈りを込めた叫びとともに、十流に向かって手を伸ばす。

すると――

「……………ん、ぐ……んぐ……こ、これは……」

十流は、士織の差し出したものをぱくりと口にしたかと思うと、驚いたような表情をしながら顔を上げた。するとそれと同時、彼の身体を覆っていたオーラが霧散する。

「クッ……キー……？」

舌に感じた味を反芻《はんすう》するようにしながら、十流が声を発する。

そう。士織が十流に差し出したものとは――士織の手作りクッキーだったのである。

反転というのがどういう現象かはまったくわからなかったが、どうやらその原因はクッキーを水に落としてしまったことであるようだった。ならばクッキーを食べさせれば、十流を元に戻すことができるかもしれないと思ったのである。

「うん。実は……」

士織は躊躇《ためら》いがちに言うと、持参していた紙袋の口を開いてみせた。

その中には、幾つものクッキーの包みがぎっしり詰め込まれていた。

「な……これは――」

「あはは……実はたくさん作り過ぎちゃったんで、みんなにあげるつもりだったんだよね。なんか盛り上がってたから言い出しづらくなっちゃって……」

士織はあははと苦笑すると、申し訳なさそうに肩を窄《すぼ》ませた。

「なんかごめんね……私が最初から言ってれば、こんなことには……」

「……いや、こちらこそすまない。どうやら迷惑をかけたようだ。だが――」

「え？」

士織が首を傾《かし》げると、十流は太陽のような笑みを浮かべてきた。

「――やはり、士織のクッキーは最高だな！」

◇

「――クッキー争奪戦、か。あはは、これはまた、楽しそうなことをやってるじゃないか」

ラタトスク学園、学園長室で。

五河麻琴は椅子に腰掛けながら、愉快そうに笑った。

「はい。一時十流くんが反転しかけたものの、士織さんの機転で事なきを得たようです」

そう言ったのは、麻琴の右隣に立った長身の美女だった。――神無月恭子《かんなづききょうこ》。ラタトスク学園の副学園長にして、声変わりしていない少年の膝の裏に異常な執着を見せる女である。

「僅かではあるが、一つの進展……かな？　さて、士織は一体誰を選ぶのか――」

「――あまり猶予があるわけでもありません。卒業までおよそ一年半。それまでに、士織には花婿を決めていただかなくてはなりません」

次いで麻琴の言葉に返したのは、麻琴の左隣に立った少年である。

一見すると人間にしか見えないが――違う。

ラタトスク学園の誇る美少年ＡＩ『マリオ』が、対人用インターフェースボディを通して会話をしているのだ。

「わかってるよ。でも、焦《あせ》りすぎるのもよくないだろう？　慌てて選んだ相手が、最良の花婿になるとは限らない」

「それはその通りです。ではやはり、卒業までに士織が相手を選べなかった場合、不肖このマリオが花婿となりましょう。ヒィアウィーゴー」

「いや、何が『やはり』なんだい。また勝手なことを……」

「マンマミィーア。では、士織が最後まで相手を選べなかったなら、一体どうするおつもりですか？」

「え？　それはもちろん――」

「もちろん？」

「……な、何でもない！」

マリオがジッと顔を覗《のぞ》き込んでくる。麻琴は頬を染めながら視線を逸《そ》らした。その光景を、恭子ははぁはぁと息を荒くしながら見守っていた。

と、麻琴たちがそんなことをしていると、不意にピピッという音が響いたかと思うと、学園長室の壁に埋め込まれたモニタに、映像が投影された。

『――やあ、ごきげんよう、五河学園長』

「……！　理事長！」

麻琴はハッと肩を揺らすと、弾《はじ》かれたように立ち上がった。恭子とマリオもまた、ピシッと姿勢を正す。

そこに映し出されたのは、車椅子に座った上品そうな老婦人と、その側に侍《はべ》る眼鏡の男性の姿だった。――ラタトスク学園理事長エリザベス・ウッドマンと、その秘書グレン・メイザースである。

『ふふ、そう気を張らなくてもいいわ。掛けてちょうだい』

「はっ……」

言われて、麻琴は再度椅子に腰掛けた。

するとエリザベスは、柔和《にゅうわ》な笑みを浮かべながら続けてくる。

『それで、君のお姉さんの様子はどう？　誰か気になる人はできたかしら？』

「は……現在、一二名の男子生徒、および男性教師が、特に親密な状態にあります。きっとこの中から、花婿が選ばれることになるかと」

「しれっと自分も入れていますね」

「……ちょっと静かにしてくれるかな！」

横から口を挟んでくるマリオに声を上げる。エリザベスはそんな様子を微笑ましげに眺めていた。

だがすぐに、深い吐息とともに目を伏せる。

『……君のお姉さんには申し訳ないことをしていると思っているわ。半ば強制的に、人生の伴侶を選ばせようというのだもの』

「何を仰《おっしゃ》います。それがこの学園の、ひいてはこの世の命運を左右することだということは重々承知しております。――〈楽園の聖女《イヴ》〉が〈花婿《アダム》〉と出会わなければ、この世界は――」

『……ええ。だからこそ、あなたたちがいるのよ。――彼女はまだ知らないでしょう。己の使命と定めを。けれど、いずれ気づかねばならないときがくる。そのためにも、〈知恵の実〉を見つけ出さねばならないわ。終末の鐘の音が鳴る前に――』

「お任せください。DEM学園のアイリーン・ウェストコットやアレン・メイザースの好きにはさせません。〈守護者〉と〈蛇〉は必ずや――」

「回収しなくていいからといって雑な伏線を張りすぎでは？」

「……ちょっと黙っててくれるかな！」

またしても口を挟んでくるマリオに、麻琴はたまらず声を上げた。

と――そのときである。

学園長室に、けたたましい警報が鳴り響いたのは。

「……っ⁉　どうした、マリオ。一体何があった？」

「――市内に空間の揺らぎを確認。何者かが、この世界に現れようとしています」

「な……っ⁉　まさか――」

麻琴が息を詰まらせると、エリザベスが微《かす》かに眉をひそめた。

『……来ましたか、〈アニムスの器〉。さて……我らが〈聖女《イヴ》〉の選択は――』

◇

「――――えっ？」

ラタトスク学園から自宅への帰路で。

士織は不意に足を止め、天を仰いだ。

理由はわからない。けれど『何か』が起こる。そんな予感がしたのだ。

すると、次の瞬間――

「きゃ……っ⁉」

士織は思わず腕で顔を覆い、悲鳴を上げた。

突然道の前方の空間がぐにゃりと歪《ゆが》んだかと思うと、凄《すさ》まじい閃光《せんこう》を伴って爆発が起こったのである。

「な……一体、何が……」

数秒ののち。恐る恐る目を開ける。

すると、先ほどまで前方に広がっていた街の景色が、まるで消しゴムでもかけたかのように消失していることがわかった。

あまりに唐突で、非現実的な光景。

だが、士織はそれを、ぼんやりとしか眺めていなかった。

そんなものよりも遥《はる》かに士織の意識を引きつけるものが、その中心に立っていたからだ。

──それは、少年だった。

制服と思《おぼ》しき服を纏《まと》った少年が一人、立っていた。

どことなく中性的な相貌。人のよさを感じさせる柔和な顔立ち。

そして──毎朝顔を合わせているかのような、強烈な親近感。

「ぁ────」

嘆息に、微かな声が混じって消える。

「──あなた、は……」

呆然《ぼうぜん》と。

士織は、声を発していた。

少年が、ゆっくりと視線を下ろしてくる。

「……名、か」

心地のいい調べの如《ごと》き声音が、空気を振るわせた。

「俺の名は──イツカシドウ」

「イツカ……シドウ……」

その日。十流たちにとってあまりに残酷な運命の歯車が、動き始めた──

DATE A LIVE ANOTHER ROUTE

Afterword

あとがき

あとがき

こんにちは、羊太郎《ひつじたろう》です！

ええい、そこ！　〝え？　誰？〟なんて言わない！

僕は、『デート・ア・ライブ』の橘公司様と同じく、ファンタジア文庫で、小説などを書かせて頂いている、羊太郎という生き物です！

今回、同じ出版社のよしみというか、お情けというか、そういった諸々《もろもろ》の大人の事情で『デート』のアンソロジーを一本、書かせて頂けることになりました！

僕が描いた『デート』はどうでしたでしょうか？

え？　キャラが違う？

ノリや雰囲気が違う？

十香《とおか》や折紙《おりがみ》はそんなこと言わない？

そ、それは勘弁してくださぁい！

『デート』のキャラクターはこう……色々とキャラが立ち過ぎているというか、何気ない台詞《せりふ》回《まわ》しや行動原理、思考パターンに独特の間合いがありまして、橘さん以外の人が使いこなせるキャラじゃないんです！　僕みたいな凡人が、あの魅力的なキャラ達を完全トレースできるわけがないんです！

というわけで、あくまで羊が書いた『デート』の劣化レプリカ、あるいは二次創作的な何か、という認識でどうかよろしくお願いします！

それはさておき。

いやぁ、自分の作品じゃないキャラを使用して、お話を書くというのは、なかなか楽しいものですね（苦戦もしましたが）！　自分のキャラでは、できないことができたりしますから、お勉強にもなります。

また、機会がありましたら是非、こういった企画に参加してみたいものです。

そういうわけで、羊太郎が書いた『デート』、少しでも『デート』ファンの方々に楽しんで頂ければ幸いです。

どうかよろしくお願いします。

羊太郎　Taro Hitsuji
作家。代表作に「ロクでなし魔術講師と禁忌教典《アカシックレコード》」（ファンタジア文庫）、「古き掟の魔法騎士」（ファンタジア文庫）などがある。

あとがき

志瑞祐《しみずゆう》と申します。このたびはご縁あって『デート・ア・ライブ』のアンソロジーを執筆させて頂くことになりました。

最初にアンソロ執筆のお話を頂いたときは、嬉《うれ》しさと同時に緊張もありました。なにしろ『デート』といえば、富士見《ふじみ》ファンタジア文庫を代表するシリーズであり、僕も大好きな作品です。ほかの執筆陣の先生方も超豪華メンバーで、僕なんかが仲間に入れていただいていいんでしょうか、と畏《おそ》れつつも、大好きな作品に関わらせていただくせっかくのチャンスなので、橘先生の胸を借りるつもりで執筆させていただきました。

橘先生とはデビューしたレーベルこそ違いますが、ほぼ同期で、もう十年以上の付き合いになります。感慨深いですね。

執筆にあたり、短編集の『アンコール』を読み返したのですが、橘先生は短編のほうもとにかく上手くて、どうやったらこのクオリティの話をコンスタントに書けるんだー、とのたうち回るはめに。もちろん僕が考えるようなネタはもう全部書かれていて、どうしたものかと悩みまくった末に、アンソロでしかできないであろうエピソードということで、精霊をミニ四駆にしようという話を思い立ちました。こんな無茶な話を快く許してくれた橘先生にはマジで感謝です。少しでも楽しんでもらえれば幸いです。

最後になりましたが、『デート・ア・ライブ』堂々の完結、おめでとうございます。

すべての伏線が収束し、最高に盛り上がった完璧なフィナーレでした。

アニメ第四期も滅茶苦茶《めちゃくちゃ》楽しみにしています！

志瑞祐　Yu Shimizu
作家。代表作に「精霊使いの剣舞《ブレイドダンス》」（ＭＦ文庫Ｊ）、「聖剣学院の魔剣使い」（ＭＦ文庫Ｊ）などがある。

あとがき

「デート・ア・ライブ」スピンオフ「デート・ア・バレット」を執筆している東出祐一郎《ひがしでゆういちろう》と申します。短いながら今回のアンソロに参加させていただきました、光栄です！

本編にはなかった夢の対決＋有り得ないコンビバトル、みたいなコンセプトで書かせていただきました。VRってすごいね。

実のところ、自分の「デート・ア・バレット」に出ているのは主に時崎狂三《ときさきくるみ》（別名フィギュアの女王）のみであり、他の精霊はストーリーの都合上、名前すら出てきません。

そんな訳で今回、士道《しどう》、十香《とおか》、七罪《なつみ》、四糸乃《よしの》とあまり縁《えん》のなかったキャラを書いたのですが、これがもう死ぬほど大変でしたいやだって口調全然違うんですけどどこをどう直せば十香らしく四糸乃らしく七罪らしくなるのかもう全然分かんなくてしょうがねえ橘先生助けて！　と泣きついてどうにかしていただいた代物《しろもの》であります。

ともあれ「デート・ア・ライブ」も無事に完結し、このアンソロジーが出る頃には「デート・ア・バレット」も発売している or 時期が見えている頃合いだと思います。

更に更に、これが出ている頃には噂《うわさ》のアニメも何かしら情報が出ているのではないでしょうか！　まだまだ終わらない「デート・ア・ライブ」お楽しみくださいませ。

よろしくね！

東出祐一郎　Yuichiro Higashide
シナリオライター。代表作に「Fate/Grand Order」（シナリオ）、「Fate/Apocrypha」（原作・アニメ脚本）、「デート・ア・バレット」（ファンタジア文庫）などがある。

あとがき

まず謝辞という名の土下座を。

橘公司先生、あれだけ短編だと言われてたのに一〇〇ページの短編と言えない何かをお送りして申し訳ありません。富士見《ふじみ》ファンタジア文庫様、初めてのお仕事なのに納期ぎりぎり且《か》つ一〇〇ページの短編と言えない何かを提出して本当の本当に申し訳ありません。今回のアンソロジー短編に関わってくださった関係者の皆様、この場をお借りして感謝申し上げますとともに、なんかもう誠に申し訳ございません。

執筆する前は本当の本当に五〇ページ以内に収めるつもりだったんです。何だったら折紙《おりがみ》ちゃん攻略まで「お、ここまで三〇ページ！　五〇ページで完結なんて余裕じゃい！」とか有頂天だったんです。なのにドウシテ。

少し真面目なことも書かせてもらいますと、実は他作品のアンソロジー短編を執筆するのは初めてで、右も左もわからない私に自由に書かせてくれた橘先生や富士見ファンタジアさんにはとても感謝しています。私自身とても楽しく、また刺激的で、非常に貴重な体験をさせて頂きました。

『デート・ア・ライブ』は自作品のゲームとも深くコラボさせて頂いて、私の中では偉大な先輩であると同時に、大好きな物語の一つでもあります。特に今回、六喰《むくろ》ちゃんをメインに据えた短編を書かせてもらうということで、付箋《ふせん》と手垢《てあか》のせいで二冊目を購入するくらい、原作十五巻「六喰ファミリー」をシリーズの中でも読み込ませて頂きました。

正直、私自身デアラが大好きが故に、デアラを愛していらっしゃる読者の皆さんからは「解釈違い」「設定が甘い」「六喰はそんなこと言わない！」と言われるのではないかと今でもビクビクしています。むしろ言われて当然くらいの気持ちでもいますが、『デート・ア・ライブ大好きオタクが書いた二次創作』くらいに思ってご容赦して頂けると幸いです。

最後に、神原作を差し置いて「トゥルールートなんてタイトル付けていいですか……？」と恐る恐る尋ねる大森《おおもり》に対し、「全然いいよ！」と快諾してくださった橘先生、本当にありがとうございます。『王様のプロポーズ』も含め、これからも『デート・ア・ライブ』という作品を陰ながら全力で応援させて頂きます。

アニメ四期も観《み》るぞー！

動いて喋《しゃべ》る六喰ちゃんが観れる！

うおおおお、六喰ちゃーん！【解《ヘレス》】で分子分解して世界で一番幸せな粒子に変えてくれー！

大森藤《ふじ》ノ　Fujino Omori
作家。代表作に「ダンジョンに出会いを求めるのは間違っているだろうか」（GA文庫）、「ダンジョンに出会いを求めるのは間違っているだろうか外伝 ソード・オラトリア」（GA文庫）、「杖と剣のウィストリア」（講談社コミックス）などがある。

あとがき

アンソロジーが自由であるためには、
原作者がもっとも自由でなければならない――

橘《たちばな》 公司《こうし》

ちょっと自由すぎたかもしれない。

お久しぶりです橘公司です。『士織《しおり》ガールズサイド』、いかがでしたでしょうか。お楽しみいただけたなら幸いです。

この話は、二〇二一年四月一日のエイプリルフール企画『デート・ア・ライブ　ガールズサイド』を元にしたものです。嘘《うそ》だけど嘘じゃなかった。設定・イラストともに気に入っていたので、今回こういった形でストーリーを描けてよかったです。ただし続きを書くとは言っていない。でもまだ絵になっていない少年たちのイラストは正直見てみたい。

さて、『デート・ア・ライブ』一〇周年ということで企画されました本作、『デート・ア・ライブ　アナザールート』。光栄なことに、名だたる人気作家&人気イラストレーターの方々が多数参加してくださいました。本当にありがとうございます。

羊太郎さん。素敵な短編をありがとうございます。十香《とおか》と折紙《おりがみ》の小競《こぜ》り合いにどこか初期デートの雰囲気があり、懐《なつ》かしさを覚えました。十香のダイエット話という、短編としては王道のテーマでありながら、しっかり羊テイストになっているのはさすがでした。

志瑞祐さん。やっぱりなっつんは最高だな！　と思わせてくれる短編でした。題材はぶっ飛んでいながらも、綺麗《きれい》に纏《まと》めてくるあたりさすがです。細部の小ネタも上手《うま》く、職人芸を感じました。せっかくだからおれはこのビー◯スパイダーを選ぶぜ！

東出祐一郎さん。狂三《くるみ》は何回も書いていただいているのですが、東出さんの描くその他のキャラはどれも新鮮で面白かったです。マリアの言動ちょっと響《ひびき》っぽいのがお気に入りです（笑）。能力戦における設定の弄《いじ》り方の巧《たく》みさが光る一篇《いっぺん》でした。

大森藤ノさん。ほとばしる六喰《むくろ》愛と熱の籠《こ》もった短編（短編……短編かな？）をありがとうございます。実に凄絶で、美しい話でした。ぶっちゃけこの話がトリの方がいいんじゃないかな……と、ぶつかり合う大胸筋《だいきょうきん》を書きながら思っていました。ごっつぁんです。

森沢晴行《もりさわはるゆき》さん。『蒼穹《そうきゅう》のカルマ』ではお世話になりました。素晴らしい六喰をありがとうございます。月をバックにした黒チャイナバニー六喰がたまりません。こんなんもう属性と性癖のデパートや！　六喰好きの大森さんが感涙に噎《むせ》び泣くと思います。

ＮＯＣＯさん。『デート・ア・バレット』ではお世話になりました。にっこり二亜《にあ》ちゃん素敵！　こんなにカワイイ女の子がおっさんみたいに笑うはずがない。そして本棚に収められた、おそろしく速い『つなこ画集ＳＰＩＲＩＴ』。オレでなきゃ見逃しちゃうね。

はいむらきよたかさん。『いつか世界を救うために―クオリディア・コード―』ではお世話になりました。カッコ可愛《かわい》い狂三をありがとうございます！　違う時間を示す無数の時計の群れが分身体を表していると聞き「天才か……？」と思いました。ヒュウ……

つなこさん。『デート・ア・ライブ』＆『王様のプロポーズ』でお世話になっております。素敵な表紙はもちろん、各話の挿絵までありがとうございます！　最後の話では変なイラスト描かせてしまってすみません。でも最高でした。イケメンの筋肉には栄養がある。

また、デザイナーの草野《くさの》さん、担当氏、ガールズサイドの一部キャラ原案にあたる有坂《ありさか》あこさん。そして、編集、出版、流通、販売に関わってくださった全ての方々。この本を手にとってくださったあなたに、心よりの感謝を。

では、またどこかでお会いできれば幸いです。

橘公司　Koushi Tachibana
作家。代表作に「デート・ア・ライブ」（ファンタジア文庫）、「王様のプロポーズ」（ファンタジア文庫）などがある。

富士見ファンタジア文庫

デート・ア・ライブ
アナザールート

令和４年１月20日　初版発行
令和４年２月20日　再版発行

著者――橘《たちばな》　公司《こうし》　大森藤ノ《おおもりふじの》　志瑞《しみず》　祐《ゆう》
東出祐一郎《ひがしでゆういちろう》　羊《ひつじ》　太郎《たろう》

発行者――青柳昌行
発　行――株式会社KADOKAWA
〒102-8177
東京都千代田区富士見2-13-3
0570-002-301（ナビダイヤル）
印刷所――株式会社暁印刷
製本所――本間製本株式会社

※定価はカバーに表示してあります。
●お問い合わせ
https://www.kadokawa.co.jp/（「お問い合わせ」へお進みください）
※内容によっては、お答えできない場合があります。
※サポートは日本国内のみとさせていただきます。
※Japanese text only

ISBN978-4-04-074364-6　C0193　◇◇◇

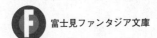

切り拓け！キミだけの王道
ファンタジア大賞
原稿募集中！
賞金
《大賞》300万円
《金賞》50万円
《銀賞》30万円
選考委員
細音啓「キミと僕の最後の戦場、あるいは世界が始まる聖戦」
橘公司「デート・ア・ライブ」
羊太郎「ロクでなし魔術講師と禁忌教典《アカシックレコード》」
ファンタジア文庫編集長
前期締切 8月末日
後期締切 2月末日
公式サイトはこちら！ https://www.fantasiataisho.com/
イラスト／つなこ、猫鍋蒼、三嶋くろね